某些目光交汇的瞬间，

总是蕴藏着无法解释的、震撼人心的情感。

Dans tous les cas demeure l'inexplicable et bouleversante émotion à la croisée de certains regards.

Chaque atome de silence est la chance d'un fruit mûr.

Fringale inextinguible, comme une brise en plein été qui porterait l'haleine d'un glacier.

Zoé
Alain Cadéo

面包店的佐伊

[法] 阿兰·卡德奥 著 朱沁 译

清华大学出版社
北京

北京市版权局著作权合同登记号　图字01-2017-7184号

Zoé, Alain Cadéo
Mercure de France, 2015. Simplified Chinese edition arranged through Dakai Agency.
ALL RIGHTS RESERVED

版权所有，侵权必究。举报：010-62782989，beiqinquan@tup.tsinghua.edu.cn。

图书在版编目（CIP）数据

面包店的佐伊 /（法）阿兰·卡德奥著；朱沁译. —北京：清华大学出版社，2020.7
ISBN 978-7-302-52309-3

Ⅰ.①面… Ⅱ.①阿… ②朱… Ⅲ.①中篇小说－法国－现代 Ⅳ.①I565.45

中国版本图书馆CIP数据核字(2019)第029197号

责任编辑：	纪海虹
装帧设计：	夏玮玮
责任校对：	王凤芝
责任印制：	杨　艳
出版发行：	清华大学出版社
	网　　址：http://www.tup.com.cn, http://www.wqbook.com
	地　　址：北京清华大学学研大厦A座　　邮　编：100084
	社 总 机：010-62770175　　邮　购：010-62786544
	投稿与读者服务：010-62776969, c-service@tup.tsinghua.edu.cn
	质量反馈：010-62772015, zhiliang@tup.tsinghua.edu.cn
印 刷 者：	小森印刷霸州有限公司
装 订 者：	小森印刷（北京）有限公司
经　　销：	全国新华书店
开　　本：	130mm×184mm　　**印　张：**6.5　　**字　数：**61千字
版　　次：	2020年9月第1版　　**印　次：**2020年9月第1次印刷
定　　价：	48.00元

产品编号：074678-01

你夺目的光彩,足以置我于死地……

      圣十字若望[①]

[①] 圣十字若望(Jean de la Croix,1542—1591),诗人、作家、建筑师,同时也是神修指导者。——编者注

某处，一只公山羊在欲望的指引下，踏着轻缓的步子前行。他像一个老人，形单影只，身上黑色的毛颤动着，胡子已然花白。

他嗅到了越橘的香气和野生母山羊身上浓郁的气味。金雀花的枝条拂过肋部，后背一阵发麻。

他来到峭壁边，锃亮的蹄子踏上岩石，低下头，终于看见了下方那只小小的母山羊。她正在凉爽的黎明中舞动。

我看见他不顾年迈，冲向高空，如同一个火球，与岩石一同滚落，像惊险的特技。然后，猛地一跳，跃起。这只历经沧桑的老山羊伴随着愚蠢的咩咩声，消失在深渊中。

第 一 部

Première partie

一

佐伊有着马德里女人一样的屁股。她或许会因此而感到自豪,每天早晨都要踮着脚尖在镜子前独自欣赏。小个子的她,长着一张迷人的脸蛋儿。

她唯一要关心的事情,似乎就是如何讨人喜爱。我脑海中的她,如同一匹踩着细高跟鞋的小马,在去上班的途中蹦蹦跳跳地走在人行道上。她明眸善睐,顾盼生辉,吸引了人们浪潮般的目光。

我一直并永远承认，欲望是我们生活中一口火红的锅。什么都可以放在里面，如同厨房里的小学徒烧制的美味或是奇怪的菜肴：腿和胸，唇和鼻子，小腿肚，手、屁股和腋窝；所有的香料；维纳斯山、多罗米蒂山或喜马拉雅山脉的山峰和山丘，泉水的泡沫，海底的涌流；眼睛，膝盖或褶皱的皮肤——所有能让我们产生激情、压力与冲动的东西。

无穷的欲望给养着这个世界。如果一个不可思议的学者有某种魔力可以收集这种能量，我们的核电站便会变得毫无用处。

是的，佐伊能令被阉割的男人都感到性兴奋。她从头到脚皆干干净净、一丝不苟。闪闪发光的指甲和睫毛，眉毛和发型，一切都美到极致。我们可以想象她身上其他的部分，甚至所有的褶皱里都一尘不染。她总是穿着醒目的颜色,丽春花的玫红、胭脂红或是电光蓝的短裙,亮白色的衬衫或 T 恤。每次看到她,我都会想到崭新发亮的米妮雕像,好似我们现代版的塔纳格拉女人像①之一。还有她无瑕的微笑,初见之后便如赤贫乞求的朝圣者,无可救药地落入她眼眸中甜蜜的深渊。

她有细节强迫症。没有任何东西可以逃出她的掌控。我说过,她有些矮小,就像孩子笔下的小岛,岛上只有三棵棕榈树、一间简陋的小屋和一个吊床。她每天都会观察自己,像鲁滨孙一样清楚地知道这封闭小岛上的所有财富。

---

① 公元前四世纪末的古希腊陶制小雕塑,今藏于法国卢浮宫博物馆内。——译者注

她的身体在未知的大海上漂浮着，周围的一切都是模糊的，是一个无人地带，有一些在行进中不断分离又重组的难以分辨的物质，但她最可以确信的，便是自己如大理石般发着光亮的肌肤。

这些无缘由的胡言乱语，对于一个像我一样的老光棍来说，就像是生活中的调剂品。然而，除了它们，我都常问自己，佐伊是否真正能给我带来什么。可以确信的是，每当我买完圆面包，她找给我零钱时，都会轻轻地触碰到我的手，而我每每也会因此而感到局促不安，就像一个六十岁的老男孩。

佐伊在面包店工作。她不是老板，仅仅是个卖诸如羊角面包的临时店员，面包有甜的、咸的……当然还有别的临时工，可爱的、瘦削的、身材好的、脸色苍白的或是肌肤黝黑的……她们往往只工作一个季度便被替换了。除了佐伊外的其他店员,全都是面无表情地指着我买的圆面包,用如同威胁一般的语气问我:"需要帮您切好吗?"每次我回答"千万别"的时候,我都特别无奈。佐伊是唯一一个没有这样追问我的。

她从没问过这个令人讨厌的问题。

很快,属于我们的时刻到来了。我们在短短的一分钟内进行笨拙的对话,如同不稳定的浮桥或一叶轻舟,被来来往往匆忙的顾客们时不时地打断。

她十八岁,哲学拿了十六分①,仍然没能通

---

① 法国的中学毕业会考中单门课程总分为二十分。——译者注

过中学毕业会考。她喜欢条理与习惯，它们能使她感到安心。她说，习惯是"生活的必需品"。有一天，我买了两个长棍面包，她便显得不知所措。"今天不买圆面包吗？"她的神情里流露出了十足的惊愕。身后刚好没人排队，我便借此机会询问她惊讶的缘由。

"我习惯了……"她回答道。为了让她消除疑虑，同时也为了和她多说上一会儿话，我就说了些诸如"有时候打破一下常规也不算坏事"之类的话。

"您说得很对，但是对我来说，习惯是一种保护。有人说习惯是延缓死亡的方式之一，"她低下头，眼睛却依然看着我，"也许这是真的……四年前，我的妹妹死于罕见的疾病……"

这时,一些游客进了面包店。于是便有了嘈杂的声音。我们中断了对话。她找零钱给我的时候轻轻碰到了我的手指,这让我开心了一个早上。

我似乎从她的话里瞥见了她的生活,一些关键词,一种从内心深处溢出的沉重秘密。

她原本在我心中的小米妮的形象突然变得立体而饱满,已经不再是幻想中橱窗里单薄的洋娃娃。但她为何这么快就向我打开了自己痛苦的内心?

我的痛苦被安放在一辆巨大的印度两轮马车上,依然跟随着我。我喜欢把车牵到路上,并经常回头看看上面的"痛苦",它们随着车轮的颠簸而左右震动。

安静地、卑微地、同情地，我给它们穿上色彩鲜艳的衣服。我每走一步，它们都会摇一次脑袋。

痛苦就是这样，如影随形，不指责我们，且带着圣叙尔比斯或厄比纳尔的和善模样。不过是一声微弱的应答。它们不给出任何指示，也没有必要进行讨论。在需要时，它们会窃窃私语，或引发同情——对，引发同情。它们温柔的眼里充满了爱意，那其实仅仅是一丝微笑。

二

我住在一座有吊桥的星形小暗堡里,它位于一条十公里长的小路尽头。这座建筑就像沃邦①的作品。它被建造在海拔1000米的岩洞里,从底下看不到。它以奇特的结构镶嵌在石头里,如同一块海胆的化石。

我很喜欢住在那儿的想法。一副37度的人体和一群鬼魂共同居住在被精心修建的花岗岩

---

① 沃邦(Vauban,1633—1707),法国元帅、著名军事工程师。

壳子里，我的身体就像堡垒中温暖的一隅。我十年前买下了它。在变成我的住所之前，这儿是一个军用仓库。我卖掉了以前的房子，那笔钱足够我购买、重建和搬进这个200平方米的空中"墓穴"。暗堡里面有一个圆形小院，地面铺好了石块，一条盖有拱顶的走廊通向五间都带有枪眼的三角形小房间。

但最吸引我的还是那座吊桥，它被架在建筑物周围凿出的沟渠上方。吊桥由大块的刺槐木拼接而成，借助电绞盘牵引着，上升和下降。

吊桥，是我让人修缮的第一件东西。"把自己隔离在世界之外"已经变成了我的执念。于是，我缠着一个红棕色头发、看似憨厚的高个子公证员，让他无论如何都要在拍卖中为我争取到这座吊桥。"怀疑你想要的东西，你便

第一部
Première partie

会得到它……"这句仿佛出自《圣经》的话,时常回荡在我的耳际。有些时刻,有些事,有些人,不正是因为我的深信不疑才从我的生命中失去的吗?有时候一些凭直觉作出的选择,结果会异常沉重。我"高山骡子"的属性让我吃力地带着这样的信念,并且相信所有的选择都是有价值的。

无论是怎样的选择,都是重要的。不管我们是否愿意,是这些选择把我们变成了真正的自己。

在等待期间,我把办公桌上所有该死的文件都扔进了火里。烧毁、清扫、净化它们,我不想在我的三角形房间中留下任何行政表格。

我只留下装着日记本的两个檀香木盒子,还有我正在写的东西,那日复一日围绕着我的苦楚。我一边写一边想着已经长大的小家伙们——我的"四马战车",他们现在分散在世界各地。

要是能给他们留下我思想的钻石,那该是何等的快乐啊!我如同一个吹毛求疵的手艺人,每天都想要打磨钻石新的切面。

我们的生活是一盘散沙,而生活中又充满故事,唯有把故事讲出来,才能揭示它们灿烂的情节。

我们的生活像蜘蛛网一样,白天不可见,却在拂晓之时浮现于露水中,均匀又清晰,堪称完美对称的杰作。

这些故事便是我的粗陋之作,于漫山岩石中如苦役犯般孤独的我,借着写作保存着的最后一丝优雅。佐伊是我如火山岩般灰暗生活里

第一部
Première partie

的一颗红宝石,是伸向变成北极狼的我的一只温柔的手。我和这个姑娘之间的时间还剩下多久?我还能接纳她什么样的秘密?我该在这点儿时间里做些什么?这段时光是如此短暂,就如同巨大面包片上的一小勺醋栗果酱一样微不足道。

我有着如地球一般古老的年纪,而佐伊不过是像一个季节那样稚嫩。我学会了放弃一切。我真诚地生活着,不作出任何让步,不与任何人成群,坚持遵守着我的心灵法则,一直前行。

三

佐伊今天穿了一件粉色的蕾丝边儿衬衫，内衣的黑色细肩带紧紧地勒在她被晒黑的肩膀上。

"你有很多朋友吗？"我问道。

"为什么问这个问题？"

"我每两天有一分钟可以用来更多地了解你。"

她笑了。老板望了我们一眼。他手腕戴满了镯子，脖子上绕着一根金项链，头上顶着和他的奔驰车一样黑的假发。老板并不健谈，但是他把一切都看在眼里。他的生意在运转，他本人也爱在学徒之间打转儿。他的生意一刻也不停歇。这里简直是一个面包工厂，而佐伊就像此间的一股清流。我或许对站在里面的那个皮肤白皙、蓝眼睛的瘦高女孩也有点兴趣，她在面包店里什么事都会做一点儿，她的表情总是很朦胧，小心翼翼而笨拙的样子反而使她似有光环。但佐伊则不同，她是活力的源头，一出场便能掌控全场。从面包到甜点，从三明治到咖啡机，她是这个几平方米"宫殿"里的女王。我甚至有些恼怒地问自己是不是她对所有人都施展这样的魅力，而并非对我一人。然而我只能说出一些吸引她注意的词汇。这些凝结了我所有情感的话语，如蜜一般缓缓道出，为我开辟出一条秘密的特权通道。

第一部
Première partie

"我朋友很少……我有家人。"

我甚至还没来得及认真思考,就说:

"你总是那么和善,我感觉你对所有的顾客都是这样。"

"我喜欢与人交往。这也许是我的天性吧。"

此时店里没有别的顾客。气氛轻松而安静。我要了一杯咖啡,这样就可以看她离开柜台的样子。我想要争取更多与她相处的时间。为了避免一直痴痴地看着被老板监督的佐伊,我像个神情恍惚的健忘症患者一样先是盯着巧克力泡芙,然后是零钱、小袋的糖、塑料小勺子。它们被一起放到我手里的时候,我感受到佐伊轻微的颤抖。我自作主张地把这当作她对我特殊的好感。

我出了门,坐在太阳下的露天圆形桌子前,

带着公猫般阴险的冷漠。

对于我来说，每一次重要的相遇都是一种安静的爆炸。真实的或是幻想的，一分钟或是三十年，命运的相遇就像灵魂的硝化甘油。其中没有空想，尽是可怕的相认。仿佛我们身体里的每一个角落都突然亮起了灯光，暗中的爆炸闪烁着令人炫目的形状、符号与图像，如同一个经历数千年黑暗之后重新崛起的古罗马斗兽者。我很快便体会到，从这个角度瞥见的生命中最微小的部分也是巨大无比的。

我们的困扰从何而来？即便一切都离我们远去，是什么让我们想要待在一个人身边？当我们曾发誓再也不去靠近，又是什么力量能驱使我们回来？在不知情的时候，人与人之间能产生怎样的联系？我们感觉到的东西仅仅来源于他人吗？留下那句著名的"难以言说"，就让浪漫主义者们晃动双臂大肆幻想吗？无论在哪种情况下，在某些眼神的交汇中总是存在着无法解释的、令人震惊的情感。

而那一刻的我，只有一个想法：谈论佐伊。

我想说，想讲述她，想要穷尽她的一切细节，想认识一些会问我"佐伊最近怎么样？"的人。我变成了"佐伊迷"。该如何解释一个女人的某一小部分可以垄断我所有的注意力？一个我并不认识的女人，一个我不忍心介入她日常生活的女人，一个甚至不是幻想对象的女人。不，这是另外一种情感。我所有的力量从此开始了一段神奇的新征程。一把六十岁的老骨头，一个被生活的拳头打伤的拳击手，一个不再期待任何际遇的我——在最后一次攀登的斜坡上，被一朵出乎意料而又再普通不过的红色天竺葵恢复了活力,它洗涤、接纳了我,使我沉醉其中。

我曾经很长时间都觉得自己是一个被流放的宇航员,隔离在被陨石砸穿的船舱内。现在,我想要重新启动宇宙飞船上生锈、结冰的马达,我将降落在一座岛屿附近的水域上,而那座岛屿就像是佐伊的眼眸。

四

我很喜欢面包店的工作。在那儿,可以看见许多人。我做的是半日工,菲利普总是说我的收入还不错。爸爸妈妈都挺支持我这份工作的,因为这可以资助我的学业。我会再参加一次中学毕业会考,这次肯定会通过的。

我很想念妹妹玛丽娜。于是,我每天晚上都睡她的床,我知道这很蠢,但每当闻到她的味道,思念就会缓解一些。面包店的老板很可怕,但常跟我开玩笑,还说我效率"挺高"的。他总提醒我们要时刻对顾客保持微笑,这对我来说并不难,妈妈说我生下来就带着笑。而玛丽娜却老是一副严肃的样子,但她仍常做出傻事。爸爸叫她巴斯特·基顿①。一个家庭真是不容易啊!

我在面包店遇到了一个老男人。他满头白发(或许是金发),眼睛是蓝色的,戴着一副精致的金边眼镜。他身材高大,走路有些蹒跚,总是穿着很长的像雨衣一样的衣服和麂皮皮鞋。他看上去就像是从另一个世界来的,像西部片里的老郡长之类的人物。他和其他的顾客不一样。他说"你好"的方式特别有趣。我觉得他

---

① 巴斯特·基顿(Buster Keaton),1895年10月4日生于美国,美国默片时代演员及导演,以"冷面笑匠"著称。——译者注

第一部
Première partie

很神秘。我喜欢和他说话。

我受够了那些面点师,他们带着一脸愚蠢的微笑,还故意碰我屁股。老板说话的时候有口臭,他大概觉得和我高谈阔论就必须离我很近。不好意思,我这样说话有些粗俗,但说真的,男人们都让我厌烦。我把这些事告诉过菲利普,他却自作聪明地说那是因为我每天的梳妆打扮勾引了他们。那些男人们像牛虻一样在我周围嗡嗡作响的样子甚至让菲利普很兴奋。"男人们总是满口承诺却从不兑现,因为他们目光短浅得超不过自己的尾巴尖儿。"这话可不是我说的,是外婆苏珊娜一直挂在嘴边的。妈妈对此很惊讶,但是我知道她内心深处是赞同外婆的观点的。就连我最爱的爸爸,也属于寻花问柳的那一类。但玛丽娜去世后,他变了,变得很听话,会悲伤地坐在扶椅上。他总是心不在焉,连我端咖啡给他的时候,都不看我一眼。

五

我至今都没能理解今天早上发生的事情。我这个不愿再当面去讨人喜爱的老猴子，又一次无礼地使佐伊为难了——我拿着一份本地报纸，漫不经心地选择了一个意大利面包，这是我从未做过的。她的手那时已经在货架最高的一层摸索我惯常买的圆面包了。

"别忘了，我就是来杀死你的习惯的……"

这个愚蠢的句子竟然从我嘴里漏了出来。

我没有事先计算、提前谋划，这个句子就这样被说出来了。佐伊的手臂停在半空中，充满惊讶的眼睛盯了我很久……我们的这一分钟变得不可思议地沉重。她在等待我说下一句话，还是在等着我付钱？为了打破此刻的寂静，我问她面包多少钱。

"我似乎已经对您说过了……"

我又一次因潜进佐伊眼里深邃的汪洋而被完全击倒。

我可以猜想到我说的话触碰了她心里的某个地方，也可以想象她仅仅是在等待我支付面包钱。我沉浸在自己的情感中，没有听到和察觉到这个最普通的动作，即在计算器上输入几个数字并且算出结果。

生活仅仅是由误会构成的吗？如同一个巨

大的误会部落：一个易洛魁人碰到了一个因纽特人，这个因纽特人又遇到了西伯利亚人。一个人谈论着他的山脉，另一个诉说着自己的冰川，第三个人则讲述他的盐碱地。他们最终得出了一个结论：每个人都是自己荒漠上的独行者。

误会。说的不就是我吗！《情感的迷惘》，多么有趣的题目！不愧是茨威格。

如果我认识佐伊有一个月，每次去面包店都可以见她一分钟，而每两天我需要去买一个面包的话，那么一个月内我就大约有十五分钟可以与她面对面。然而，这一切的计算也只是徒劳。

我有时候会抱怨自己把原本就不多的精力用在毫无结果的事情上。这个故事很可笑，而对于我这个虚弱又游手好闲的老人来说，它却反常地占据了自己生活很大的一部分。我的生活难道已经变得空洞至此，要花那么多的时间来回味和咀嚼那短暂的每隔两天的一分钟吗？一切都显得那么愚蠢。振作起来吧！老头子，去透透气，去玩玩你的石头。

  对于我居住的这座山来说，我就是修建理想宫①的邮差薛瓦勒。我通常会在完整的大块砂岩上雕刻一些身体和面部线条。岩石毫无规律地分布在我的小暗堡附近，像准备发射的弹头般高高耸起。

---

① 理想宫位于法国德龙省的罗芒，由一名叫薛瓦勒（Ferdinand Cheval）的普通邮差用他在乡间往返途中收集的天然材料，花费了长达 33 年的时间修建。——译者注

第一部
Première partie

两年前，我临时用一个简陋的雕塑工具箱开始了这项长期的工程。几把雕刻刀、钝了的菜刀、几把大锤、金属刷和一把称得上是日本武士佩用的钢刀。每一块经过深思熟虑挑选的岩石，都具有某些天然的图案或形状。这块让我联想到母性；那块是一个神，他张着嘴，仿佛正在为山谷取名；还有一块像一头满身肌肉的欧洲野牛，交配之后抬着头兴奋地号叫。我的神灵、我的图腾和我的野兽，分布在山顶的四周。两年，十二块石头，我神话中的十二个使徒，我启示录中的十二个人物。没有人能夺取这几吨被我赋予生命的石头，也没人能将它们据为己有。我的时间，是手中的锤子击打那些唱歌的岩石所发出的有规律的响声；我的空间，是岩石碎片发出的如同胡蜂螯针一般尖锐刺耳的巨响。在这些巨大岩石的轮廓中，我描绘出了高棉人的微笑。智慧的代价便是一切的激情都深埋于心。

我的手上满是灰尘和鲜血，如同燃烧的火。夜晚回家的路上，我的内心空寂却幸福。我这个被上帝治愈的跛子，走向我那星形的堡垒。

这就是我的生活。写作、雕刻、散步和思念我的孩子们。一具游走的灵魂。一个行走于情感之路的流浪艺人。一把琴弦敏感的琴。从虚无到拥有灵魂的巡游者。命运苦难的杂耍演员。衰老的白脸小丑。我的马戏团毫不起眼，满是窟窿的帐篷下庇护了所有被驯服的野兽。我就

第一部
Première partie

像一个衰老的弥诺陶洛斯[①],迷宫里的怪物。我的脚步声回荡在冰冷又死寂的世界里的碎石马路上。我从被虎啸的野兽包围的笼子里逃走,它们惊恐万分、瘦骨嶙峋、毛发脱落、暗淡无光。我这个衰老的弥诺陶洛斯,迷宫里的怪物,一瘸一拐地飞奔逃离城市,为了找回自己的血肉,为了去长满青苔的山谷里打滚儿,在百年的橡树下挠痒,把我黑色的鼻尖浸入被遗忘的河流。我的能量很快就回到了身上。我从此变成了一个新的自己。我的皮毛开始发光,我的牛角开始坚挺,眼睛甚至找回了狂热的光芒,潮湿的鼻子开始闻到久违的花香。我拥有了长期被关

---

① 弥诺陶洛斯(Minotaur),古希腊神话中牛头人身的怪物,被困在克里特岛的迷宫中。——编者注

野兽一样的耐心,像孤独者一样善良,展现出观察生活最细微之处的天赋。

然后,和佐伊的那一分钟就到来了。一个眼神,几句话,把找回的零钱放进我结老茧的手掌的纤细手指。每当我从口袋里掏出零乱的硬币,她的手指都会在我的手掌里一一细数。如果不够,我就再加上几个……"你来数吧,我自己什么也看不清……"如果需要补足,我就会被附赠一个新的微笑。微不足道的举动就可给养我,最小的种子也可以变成一座花园。我极擅长从小处得到满足。什么都可以变成筵席,一切都可以令我满意,世界上最小的礼物也能激起我的快乐。于我而言,佐伊的一个微笑就拥有原子弹的能量。还有一些声音——我有时会听到孩子的叫喊,在呼唤着我:"爸爸……爸爸……"但这些声音可能只是黄昏时分几只燕子归巢前的叫声,或者是烦扰的怀旧之情侵占了我的思绪。

六

我房间里的一切都有它们自己的位置。我无法忍受妈妈来帮我打扫,她会移动我的东西,而我就不得不把它们恢复到原处。最好谁也不要碰它们。就是这样。现在我锁上了卧室,除了我,没有人可以进来。我的作业和课本放在玛丽娜的床上。我写随笔的浅紫色记事本一直都藏在自己的枕头下。我很少用网络,别人的脸书网(Facebook)动态信息会让我感到沮丧。他们到底有什么好炫耀的?

对了,之前那个"老郡长"会规律地来面包店。我就叫他亨利吧,亨利·方达的亨利,这个名字很符合他的气质,也能体现我对西部片的喜爱。我很喜欢他跟我说话,但是不希望他有太多出乎意料的奇怪想法。我喜欢他的声音和他安静的时刻,以及他像挨了打的狗一样的表情。我对他充满了好奇,很想知道他在生活中都做什么。我把这件事情跟苏珊娜外婆说了,我几乎什么都对她倾诉。她说:"老人是最糟糕的。年轻人嘛,如果很愚蠢,一下子就可以看出来。老人们也很蠢,但他们早就学会了隐藏。"

也是,我遇到过很多男人,他们想尽一切办法来讨好和勾引我,他们说的话就跟蜂蜜和糖浆一样甜,无论是泥瓦匠、消防员、学生还是农民，甚至警察。我常常收到恭维，对我的发型、我的微笑或者我的穿着……把我逗笑还挺容易的。男人都很擅长和女人搭讪，但并不是每个人都很有趣，不过当他们手舞足蹈说着一些所谓的玩笑话的时候，总是很搞笑的。可以说每个男人都很幼稚。我常常会想象他们穿着短裤的样子，就像一直逗我乐的菲利普，尽管在他的朋友面前他很自大，但也终究不过是个"小男孩"罢了。苏珊娜外婆说得有道理，老人是不一样的。有些老人想要表现得"迷人"的时候，反而会极其愚蠢。而还有一些，就像我的亨利，却隐藏着神秘。而大多数时候，神秘就像一块遮羞布，后面其实什么也没有，不过是一个徒有其表的空洞。老人们闻起来常有一股馊了的味道，亨利却总是给人清新的感觉。

我不知道怎么描述，反正当他来的时候，感觉像面包店一下子来了很多人一样。我想说的是，他很有存在感，就像一块磁铁，连店里的猫都来蹭他的牛仔裤。这很神奇，因为那只猫从来不会对别人这样。

我存了些钱，但是我从来不把钱放在银行。我把所有的钱都藏在了玛丽娜的白熊布偶的肚子里。白熊布偶现在是我的存钱罐，它在我的床上，有着一双玻璃般的蓝色眼睛（它竟然会让我想到亨利）。我禁止妈妈触碰这个毛茸茸的东西，她把其他的布偶都放在了一个橱子里。无所谓，我只喜欢白熊和那只跟我一起睡觉的秃毛小猴子——我永远也不会扔掉这只小猴子，它是我的，是我的猴子，是另一个我。我喜欢

第一部
Première partie

这只"海德先生"超过了一切。或许对于我这个年龄来说,玩毛绒玩具有点傻。我起床的时候,小猴子通常已经被我踢到了脚边。即使我锁住了卧室的门,我还是把日记本藏得很严。我已经写了50页了……这多亏了我的哲学老师,我们都酷爱他。"学会明确表达自己的欲望,用文字来组织自己的欲望与恐惧,文字是人类的骨与肉。"就是老师说的这句话让我一直坚持写东西。但我绝对不写小说!小说真的毫无价值,令人厌倦。但我喜欢看电影,一天可以看三部。我从电影里学到很多东西。即使是枯燥沉闷的影片,我也可以从中得到乐趣。我总是对图像充满了渴望。在电影院的时候,我无法忍受有人发出噪声;甚至在电视机前也不能忍受。就算是我爸爸,他嚼巧克力时发出的烦人的声音也足以让我想打他一拳。我最讨厌嘴里发出来的声音了。这是我对一个人的测试。如果一个人吻我,他的舌头让我觉得他像是在疏通下水管道一样,我真的可以打肿他的脸或者用膝盖狠狠顶他的下面。对,就是这样。把这些想法写出来让我感觉舒服多了。好了,我该去选明天穿什么衣服了。

七

今天我有些情不自禁。这天是"无面包日",并且,我已经发誓要逐渐减少去"佐伊面包店"的次数,即使另一家面包店在三十多公里开外。当然,我也不知道自己怎么了,突然像个疯子一样,从一条小路一直开到"佐伊面包店"所在的村庄,甚至还闯了个红灯,像个小伙子一样在面包店的停车场来了个漂移式停车,弄得满是灰尘。我抑制不住欲望,迫切想要见到佐伊。下午五点半,为了让自己冷静下来,我在车里待了很久。我不能一反常态，激动地闯进面包店，只为了看一眼把自己打扮得像个外省来的美容师的小女孩。我突然觉得自己很可笑，眼前划过了所有曾经喜欢过的人的面孔。她们有的像太阳，有的像月亮，有的阴晴不定。她们炙热的爱给我留下了老旧的伤疤。思念，猜疑，怨恨的斥责，冲突，痛苦的深渊与极乐。我曾经一度像平衡表演的杂技演员，在生活带刺的铁丝上小心翼翼地向前行走。一切都那么近，又那么遥远。生活就像一片沉寂的海洋，一点点新鲜血液的流动都可以给僵硬的身体重新带来生机。

我终于平静下来，走进了已经空空荡荡的面包店。为了引起注意，我清了好几次嗓子。在近黄昏时分不寻常的寂静之中，一只蟋蟀愉快地跳到了烤箱旁。这只有趣的昆虫发出的尖鸣声,带走了我最后一丝兴奋。突然,在糕点橱窗后面,我似乎看到了佐伊的身影,就像一只小动物,一只榛睡鼠、一只松鼠或者水獭之类的动物,圆圆的体型,顶着辛苦了一天之后有些油腻的头发,慵懒地移动着沉重的双脚。

这让我想记录下人类感受的丰富多变。完美或平庸,美化或丑化,我们的思想、心情和视角反复无常,有意无意地接收着周围的信息。一切在混乱的阐释中变得脆弱不堪。而对在脑中沉睡的神话,我们深信不疑。

没有比客观更加愚蠢和虚无的存在了,我们所有的感觉都渗透、流淌和沉浸在"主观"的河流中。

这时候,那只蟋蟀的叫声不停在我脑海中

回响，起起伏伏。终于，佐伊和我的目光再一次相遇了。

然后，那只圆圆的油头小怪兽消失了。她又变形了。她吸引了所有的注意，一切都因她的出现而恢复镇静，就像每次都焕然一新的等待。也许只有她存在于另一种模式，就像待机状态的屏幕。不过也许我们都或多或少经历过这种"消失"。这就是为什么我们不得不对那些把我们带回真正生活中的人怀有无尽的感激。

我从她的眼神中察觉到了惊讶，一种工作一天之后被疲惫削弱的惊讶，就像在说："我没想到您会来这儿……"那时的我只含糊不清地说出了这样的话："没有圆面包……随便来个什么吧……我饿死了。"在一堆蛋糕中，我胡乱地说出了一些名字："一个巧克力闪电泡芙，一个奶油鸡蛋布丁,一个蓝莓挞,两个葡萄面包,一个奶油泡芙……那儿有一只蟋蟀!"

"店里的人从早上就想杀死它了……但总是捉不到它……我跟他们说就随它去吧……但他们说无法忍受这种噪声。"

"告诉那些傻子,蟋蟀和它的歌声是快乐的象征。这种小昆虫是平和家庭的守护神,杀死它就等同于消灭了这个地方守护神的灵魂。"

"我跟他们说了不要去碰它。我喜欢听您说话。"

"如果我说太多话,就会变成你们的蟋蟀,然后被一脚踩死。"

"我不会允许他们这么做的!"

她说这句话的时候是那么真诚,以至于那一刻我无法抑制地觉得她是我妹妹,我极度地想要把她揽进自己的怀中,像抚慰一个孩子一样。

但是面包店老板的影子突然间闯入了那个安静的时刻,那个分享情绪的时刻,汇入"蟋蟀杰明尼"刺耳的歌声中。

我遗憾地转身离开了面包店。佐伊眼里天鹅绒般的温柔,就像夜晚停留在我肩头的扇动着翅膀的蝴蝶。

一回到我的"修道院",我就升起了吊桥。我拿着我的温切斯特连发步枪,踏着暗堡里的石板路,溢出一种发自内心的愉悦。我在那里沐浴着夕阳。远处刚刚被初雪覆盖的山脉在阳光下闪耀。我躺在冰冷的石板上,仿佛看到神

第一部
Première partie

明显现般备感幸福。

我生命中的女人们的名字在紫晶色的天空中划过,我试图理解是怎样的奇迹让我遇上了这样的美好。女人们的墓地。稀疏的云像念珠一般拨过,每一颗上都有女人的身体与面孔。那些声音、那些呼喊和那些笑容,飘荡在我脑中。没有什么死去。我确信一切都是彩色的、活生生的、闪闪发光的。我逝去的亲友们的灵魂在微笑,他们珍贵而又轻盈的灵魂仁慈地包围着我。它们也很强大,带着秘密和神秘,但它们沉默不语,我也从未知晓。

这就是为什么我们一定要与死者的灵魂和解。有时候,我写的东西就像是一种祭品。我把写得最好的句子放在幽灵脚下。我把虞美人、山柑或是旱金莲献给他们,希望那些灵魂能绽放幸福的喜悦。无论是生者还是亡灵,都会期待慰藉的词句。因此,强壮的身体和难以制服的、变化的神秘力量都是不可或缺的。

一个气势汹汹的红棕色头发的女人,也就是我小儿子的母亲,在某一天炸毁了我"囚笼"的铁窗。她体形微胖而紧实,从不妥协。她有着处女一样的隐忍、热忱和纯真。这个红棕色头发的女人,如同无法抗拒的一场海啸,一场摧毁一切疑虑的浪潮。她毫不掩饰自己炽热的纯真,去吞噬和消灭前方的一切障碍,凭借她冷静、理性、睿智和圣洁的意愿。这位气势汹汹的红发女人是圣安东尼的恶魔。她淫荡的屁股在风中扭动。内脏却如同火灾后的乌云,流淌着过量的血液。

红发女人又是一场卷起海水的飓风。在她眼睛的深处,我看到了许多被她吞噬的湿漉漉的章鱼。她还用如台风般的嘴巴,吸走了房屋、油罐卡车、红树、成群的野牛和一千只正在筑窝的燕子,而我这个年老的弥诺陶洛斯,紧紧抓住她浓密的长发,从风暴中逃离了。

我又恢复了些平静,双脚也渐渐有了知觉。我像一头刚出生的小牛一般颤抖,浑身湿亮。慢慢地,我的嘴和粗糙的舌头终于重新开始发出了一个一个神圣的音节。

太阳落到了地平线以下,火红色的天空是要起风的征兆。我得赶快起来。东边是我做饭和用餐的房间,西边是我睡觉和写作的地方,北边是盥洗室,剩下的两间房堆满了乱七八糟、没有名字的旧物:箱子,生锈的枪,一尊巨大的泰国佛像,一个飞机的螺旋桨和由无数潮湿发霉的书堆成的金字塔。这个暗堡是我老朋友哈里的庇护所。哈里曾是外籍军团的士兵,我也不清楚他究竟去哪些地方冒过险。我和他有15年的交情了。他常常在我身边待个一两年,然后就消失,回来的时候从来不会提前打招呼。而当我再看到他的时候,那凹凸不平的脸和嘴角拉长的微笑都让我欣喜万分。

他话不多,这让我感到很舒服,最重要的是他有一双特别灵巧的手。他是个当之无愧的能工巧匠。我这儿的工程都是他完成的,砖石、玻璃门窗、细木工、铅管、瓷砖铺砌和水电工程。

就是他发现了这个暗堡。我怀疑是他劝退

第一部
Première partie

了好几个买主,大概还用他发怒疯狗一样的表情和从不离身的短刀霸道地占据了这块地盘。没有谁能管得住他,无论是市长、官员还是警察,没有谁能让他害怕。他可以凶恶得像一只斗鸡,也可以无辜和善良得像一个修隐士。这就是我喜欢他的原因。他可以做最好的那个,也可以做最差的那个。却从不做中庸的那一个。

今天晚上我的腿很疼,比抽筋还要糟糕。我知道这会持续两三天。我不能久坐,不能躺下,我得出去走走。

这让我走路更加一瘸一拐,像个拿破仑时代近卫队的跛足老兵。我在院子里来回走动。"转身吧,转身吧,没有大利拉的参孙……"①噢,魏尔伦,我温柔可怜的诗人,我的朋友。

我常常会通过阅读、眼神或者声音喜欢上一些人,如一些伟大的逝者,我也不知道这种能力是怎么来的。我真正的家庭成员是一些跟我很亲近的人。从我的青少年时代开始,我与他们的关系就只基于一种纯粹的本能,建立了一种时间无法磨灭的纯正的情感。陀思妥耶夫斯基、塞万提斯、米勒、格雷考、内瓦尔、凡·高、舒伯特,我只随便列举了几个此刻想到的,他们就像一些烟火在我脑中噼啪作响。我的朋友,我的兄弟,我的诸神,我脆弱的陪伴者,感谢你们的存在。同样得感谢佐伊温热的存在,这

---

① 参孙是圣经士师记中的一位犹太人士师,大利拉是他的情妇。此句为法国诗人保尔·魏尔伦的诗句。——译者注

份她一无所知的奇怪情感,她应该无法理解吧。

我,一个身高一米八六,体重八十公斤的渺小之辈,用三个手指紧紧攥着一支黑色的、如同手术刀一样的钢笔,让它在我专注的眼睛下雕琢与灼烧美好生活的点滴。我想把它送给你们,我的孩子们。赐予你们力量、勇气和健康吧!愿你们实现所有的愿望。

再来盘点一下我周围的物品吧,大多是我过去在旅行中挑选并带回家的东西。它们就是我妄想的群魔殿。我有一把英式左轮手枪和一个避雷针。一个盾牌和一串骷髅头的项链。一支象牙做的标枪和一颗独角鲸的牙。约翰·福特的温切斯特连发步枪和布莱斯雷明登步枪。一张印着阿根廷荒漠里一列蒸汽机车的巨幅黑白相片。角落里的那个旧背包里装满了朋友们的信，每一封都是一座独立的岛屿。还有一个装圣物的盒子，一副非洲西部芳人族的漂亮面具。在一个女孩的头骨上，我用大头针钉了一只马达加斯加的蝴蝶。书桌上摆放着你们的照片，我的孩子们。我的书桌是一个装满货物的船舱，我用钢笔书写时发出的悦耳的簌簌声是这艘随水流飘走的沉重货船的马达。这支二十年前我前妻送给我的威迪文钢笔，是我纸页上的黑色朝圣者。你们的照片，你们的笑脸，你们的眼神。为了你们，我穿越了思念的海洋。

第一部
Première partie

我有点不好意思把这些杂乱的随笔留给你们，这些毫无逻辑的文字组合同天上飘着的纸屑没什么两样。我也创造了自己的岛屿，但它们脆弱得如同睡莲的叶子一般。不过，至少你们还可以变成蜻蜓，去倾覆我不确信的文字。是啊，一切都在变化，一切都在流逝。我只能留下一抹航迹。我会留给你们一个石头的王国，十二个打瞌睡的守卫，两个装满文字、散发清香的檀香木盒，还有我对你们永不腐烂的、无条件的、完整的和永恒的爱。

八

我不知道自己怎么了,最近有点不能忍受面包店来的顾客。他们每个人都让我感到烦躁。也许是因为菲利普跟我说如果这次我不和他睡觉,他就会离开我。他说他受够了跟我调情并且仅仅只是调情,这对他来说已经不再足够;如果继续这样下去,他就会去别的女孩那儿了。那他就滚啊!我对性没有任何兴趣。跟大卫和迈克尔的恶心经历对我来说已经让我受够了。所有的喘息、所有的骚动和所有汗水的味道都让我变得混乱。生活应该有点别的东西。而且做爱让我浑身酸痛,让我的小唇像着火了一样。是苏珊娜外婆把它叫作"小唇"的。但是,我有权力谈条件……比如和迈克尔……但最终,我又受够了被潮湿的手来来回回地抚摸。"小唇"这个词取自"啃食[①]",苏珊娜外婆用她1968年"五月风暴"般的露骨语言这样对我解释道:"女性的生殖器一开始像小口小口啃食的嘴唇……喜欢轻食。然后,会用母狮子一般的贪婪去狼吞虎咽。我告诉你,亲爱的佐伊,女人的生殖器比一切都强大。男人两腿之间那个让他们有些骄傲的东西,不过就是他们用来证明自己还存活着的可怜玩意儿。但是我们就

---

① 小唇(grignoton),取自"grignoter"(啃食)。——编者注

第一部
Première partie

不一样了……我们不仅仅存活着!我们是生命与死亡的钥匙。记住这个,亲爱的佐伊。"

我不知道我们是什么的钥匙,但我不想继续和苏珊娜外婆探讨这个东西。好吧,虽然这段话和现在的我的烦恼没有任何关系,但是所有的顾客仍然让我感到厌烦。他们的零钱,他们数钱的方式,肮脏的指甲,带着洋葱味儿的呼吸,肮脏身体上附着的恶心香水味,满是灰尘和泥土的鞋——这些不擦鞋的人真的太可笑了!当我看到这些的时候,我就会在脑子里对自己唱歌,我不开心的时候总是这么做。我一边听别人跟我说话,一边微笑,一边在脑子里低声唱着自己的歌。还从来没有人发现我的这个"秘密"。

我已经三天没有看见亨利了。也许他再也不会来了。也许他生病了。希望他没有死。我有一个特别好的主意,我想把我哲学老师讲过的句子抄一遍,等再见到亨利的时候,我打算问他对这些句子的想法。我很确信他是唯一一个能回答得很好的人。但是我又不想有人知道我在给他写东西。于是,我就想到一个办法:在他要买的圆面包上用手指挖一个洞,把一张事先卷好的小纸条塞进去。

我有了这个想法以后,心情就舒畅多了。看看接下来会发生什么吧。"如果不尝试,就什么也不会拥有。"不过,我的老郡长也许无论如何也不会再来了。

九

"文字是人类的骨与肉!"当看到佐伊用她的食指在圆面包上挖了个洞并且塞了一个东西进去的时候,我大吃一惊。

"您看看这个吧……嘘……这是写给您的……记得回复我。"

在我身后排队的女人完全没有察觉到佐伊的这个小伎俩。我有点懵住了,甚至能听得见自己心跳的声音,像个第一次收到信件的年轻人。

回家的路上,我一直把这个面包紧抱在胸

前。为了找到里面那张写着难以理解、不知道原作者是谁的句子的小纸条，我几乎毁了我的圆面包。而看到纸条上这个无人称的句子时，我有些失望。

这是什么，一句声明？法语作业，还是哲学课主题？无论如何，佐伊给了我另一个与她交流的机会。这个隐藏在面包里的用她的圆形字体写成的短小句子，让我想到了藏在国王饼里面的蚕豆。于是我就变成了国王。我毫不犹豫地拿起了威迪文钢笔写了满满一页纸。然后，我一边仔细重读每一个句子，一边思考应该用什么借口把这张纸传递给她。放在零钱里面？好像不是很谨慎。把它叠得很小，然后直接亲手递给她？嗯，这个主意还不错，把一张纸叠成原本的八分之一、十分之一或是十二分之一。

我随后又想到了耶路撒冷的哭墙，想到所罗门圣殿里人们把祈祷词塞进石头缝之间。对，我的纸条就是我的祈祷，我祈求丰收的祷告，是我给这个小女神的咒语，是一个她、我和神之间的秘密。

"没有纯粹为了美好而存在的美好……文字的重量就如同大教堂的框架，在其中蕴含着流动性、鲜活性和荒野舞蹈般的随性。

"我们只能用最恰当的词汇小心翼翼地去回忆和乞求这个世界。我们需要理解、拼读甚至拆解人类，才能捕捉到其实质。真实的，虚假的……但说到底一切都是真实的。连最矫揉造作的戏剧都是真实世界中的一片土地。所有有生命的东西都绝不能像漫画一样被简化。一切生物的身上都围绕着和存在着难以观察的移动和变化,只有连接起每一个点,才能正确勾勒出生命。

"别忘了,在这个世界上,一切都来源于虚无。而虚无又可以成为巨大的存在。存在又将归于虚无。但如果我们去聆听,便会听到这虚无当中包含着整个宇宙的能量。

"不懂得去聆听正是我们人类的一大弱点。我们太少主动去聆听世界,虽然这些声响很细微,但它们能为我们带来大量的信息。我们当然更喜欢易接收的、简单又便捷的思想,而忽视了身边那些窃窃私语、窸窣作响的微小存在。我们偏爱高音,因为高分贝能唤醒我们的神经。于是,我们便失去了微不足道的低语,失去了'虚无',而虚无才是我们鲜活思想的电子。

"因此,学会去关注一切,而不是做匆忙的简化。我们的感觉就是指南,最细微的注视都可以意义非凡。至于令我们感谢的、感动的,千万不要草率对待。我们的生活充满了提醒,要认真地辨认它们。路上的每一块石头都与我们的故事相关。所有观察到的东西都是生活轨迹上不可或缺的部分,我们应该可以说出所有它们的名字。

"即使再卑微的东西,于我们来说

都不是无关紧要的。每每听到环绕在身边的低喃，都会感受到生活是一种宝藏，应该捕捉住最微小的叹息，把它们当作我们永恒的回想。

"附：对我来说，给你写信既快乐又困难。快乐是因为你是一个理想的读者，困难则是因为我不想把你囚禁在我自己的想象中。我们彼此几乎一无所知。我很能理解你希望我们的交流是一个绝对的秘密，我也这样希望。我感到自己就像一座山一样苍老，但我很幸福能够给予你我能给的所有关注。"

太长了……有点夸张……而且完全偏题了。但是我的一生不都是在偏题吗？时常与现实错位，要么超前，要么落后，总是出现在不合适的时间或地点。

佐伊会读到它、理解它吗？对它会嗤之以鼻还是怀有善意地包容理解呢……

我只能等待了。

十

没有人会知道我和亨利在通信。我唯一倾诉的对象就是玛丽娜,我跟她说了这件事情。当我在淡紫色本子上写东西的时候,我会一边作标记一边自言自语。然后我意识到,我说话的对象就是玛丽娜。我知道她也在听着。如果有人发现了我的本子,我可能就要看心理医生了。我不在乎。没有人可以夺走它。但我愿意和亨利倾诉一切。我知道他一定会尽其所能保守我们的秘密。这甚至变成了我们俩之间的一个游戏。在面包店的时候,他表现出对我毫无兴趣的样子,如果有其他人,他还会故意和别的顾客或者姑娘谈话。他很会掌控自己。他甚至还可以和老板一起开玩笑。我不明白他是怎么做到的,因为他们两个人根本就来自不一样的星球。

然后他就被老板当成了面包店的常客。有一天老板郑重地跟我说:"这位先生的咖啡我请了。"我心想亨利真是只狡猾的狐狸呀。他是真的很喜欢我,才会做出这样的努力吧!我知道和每个人都表现出熟络的样子,那完全不是他的本性。我的老郡长更像是一个神秘的隐居者。我甚至背得出他写给我的上一封信:

第一部
Première partie

"你永远都无法体会我有多么喜欢孤独。我喜欢孤独的沉默,它的卓越,它的谨慎,它流浪女伶一般温柔的风情和近乎死亡的平和。

"酒后吐真言。我的孤独是黑暗中的探索者,我喜欢抚摸它忧郁的果实,我们一起躺在库尔德地毯上,或者躺在咸腥的海水上……孤独的语言是丝绸做成的。

"什么也不要问我。孤独就像是我的情人。在她面前,我只需要做真正的自己。没有任何多余的辞藻。她有浓黑的头发,她鲜红的嘴唇会吐出彩虹色的气泡。

"她的味道是神秘的,苦涩的,有点像巴旦木一样。她有着我那台旧打字机一样的灰尘气味。"

亨利写的东西真美,悲伤又感性的美。我不了解他的生活,但是应该很沉重吧!我很荣幸他能信任我。我喜欢秘密。我讨厌坦白一切,讨厌"好朋友"之间所谓的知心话,那些贱人的舌头,那些花言巧语和流言蜚语,它们就像洒在床上的面包屑一样让我心烦意乱。

对,老板现在也安心了。我敢肯定,以前他嫉妒我和亨利之间温和的对话。苏珊娜外婆的话也不全对,我觉得男人的洞察力还是挺灵敏的。甚至连菲利普都有些嫉妒,他知道得不多,但是他就是嫉妒了。比如,他每次都会问我,

第一部
Première partie

为什么去工作也会穿得很好看。"不知道的人还以为你每天都去舞厅呢!"我一直都很在意穿着,只是这个傻子不相信我罢了。我在很小的时候,就会思考上学要穿什么衣服。如果有人逼我穿我不喜欢的衣服,我会特别生气。"这就是有个性!"苏珊娜外婆总是这样对我妈妈说。"当然,我们都知道这脾气是遗传了谁的。"妈妈这样回答。

玛丽娜呢,她甚至可以穿睡衣去学校。她完全不在乎。但她尤其喜欢观注我穿什么衣服,她觉得我很有品位。她特别喜欢把东西装在自己的衣服口袋里。妈妈经常在她口袋里找到栗子、洋娃娃的眼睛、棉花、火柴盒及装在里面干掉了的蜥蜴、被海水腐蚀的玻璃杯底座或石子儿,她去哪里都带着自己的宝贝。她的书包就像是一个海盗的箱子，那是她的世界、她的星球，里面装的东西都不可思议，但是千万不要去碰它们。

　　我带的东西都是从外面就可以被看见的。而她呢，所有她带着的东西都藏得好好的。现在，所有的一切，她所有的小东西，都放在我们俩床中间床头柜的抽屉里。我很少去打开那个抽屉，因为那些小东西会让我立马想到她的身影，这让我很不舒服，我的心都要被吞噬了。

十一

自从佐伊和我通信以来,我就觉得自己的孤独被打破了。她,连同她圆形的字体,就像一块温柔又独特的方糖,加在我忧郁的黑咖啡里。每当我去面包店,见到人潮之中的她的时候,我都感到是一种宽慰。再也没有人把注意力集中在我身上。人们不再上下打量我。我终于变成了面包店真正的顾客,变成了能够在露台打发时间、小口地喝完几杯难喝的咖啡的常客。我和佐伊的一分钟变成了一刻钟。她献给只属于我的面包店店员完美的表演。我看着她微笑、说话、走来走去，就像一只被成功驯养的宠物。她身上有一种双重性，她有无可挑剔的外表，她专心、灵活、单纯、爱笑；而我是这里唯一一个了解她的愤怒与反抗的人，我了解另一个更深层的她，她的秘密和她的痛苦。她总是处于这两种极端的交汇处，一个不稳定的平衡点。我一直不明白为什么，但我知道我的出现能让她安心。当她用眼神寻找信任和默契的时候，我能够不时地出现在她的眼眸中，那是一种真正的特权。

这是个结冰的早晨。在餐桌上的意式咖啡壶前，我打开了最后一瓶黑色墨水，又往装着

第一部
Première partie

木炭的火炉中又加了三大块橡木。我开始给佐伊写信了。

  我也许说了一千次,我喜欢在早晨写东西。很早的早晨。在停滞不动的空气中,在无数可能性诞生之时,在起风之时,是文思泉涌的时刻。我捕捉时间深处的音节,捕捉樱桃果肉里的摩尔斯电码,它们灵动地闪烁着,附着在结冰的星辰上。在37摄氏度的体温中,我的头脑唤醒了这被严寒冻得麻木的摩尔斯电码。我又回到了你的身边,我的上帝,这次没有鼓声和小号的伴随。你是一位能工巧匠;你躲藏在最轻的一团空气里;你把我们抛下,让我们像可悲的疯子一样在物质的世界里游荡。我听见了你,看见了你,感受到了你!没有比这更难的事情了。得很努力地寻找,得拨开所有声音嘈杂的灌木丛,才能觉察到你奇迹一般的呼吸。这就是我在清晨如此平静的原因。每一个清晨都是一个丰富而充实的荒漠,宛如蛾子对飞行的渴望。在清晨,我可以听到世界的低吟。

我知道大地还记着我。所有掠过它肌肤的人,它都能记得。它的肺腑中流动有我们的印记。所有爱过它的人,对,包括所有的原始人,都把自己的骨骼和灰烬留给了它。它在注视着我们。大地,神圣的母亲,人类的墓地,生命的孕育者,我几千次生与死的轮回,都融在你的颜色、你的宁静和你的愤怒中。你还记得我,记得我的胎盘、我腐殖质一样的气味。我的基因密码刻在你强大的子宫中。我来自那么遥远的地方……你慷慨地给予了我你的日、你的夜和你的季节,你的水、你的云和你大树的枝丫,岩石不可动摇的忠诚和火山爆发后的岩渣:金、乳白石、水晶、绿宝石,花岗岩和大理石,熔岩和石英……闪烁的和跳动的,匍匐的、攀登的和游动的,还有最美的曙光中那安神的宁静。

十二

我喜欢读亨利的信。虽然不能完全理解里面的内容,但是我喜欢他像音乐一样动听的句子。读信的时候,我就像是听到了他的声音。我一遍又一遍地读,每读一次,都可以在字里行间发现新的东西。我的信就很简单了。我对他讲述我的生活,有点像我在淡紫色本子上写给自己的东西。我好像总是有东西可以写给他看。我发现他从来不会对我作出评价。一开始我有些难为情,因为觉得自己那些无关紧要的无聊故事很差劲,而且会犯很多拼写的错误……但我知道他不会在意这些,不知道为什么,他似乎把我当成他"超越时空的妹妹"。他经常在信里这样称呼我。在信里,他总是谈到一些宏大的话题,关于人类,关于人生。他的话就像一条河。读他的信时,我就像在一条河边。我喜欢看那些水流形成的旋涡;有时候我会突然觉得自己像一个坐在独木舟上的印度人,顺流而下,直至最末一页。有时候,我又在他鹅卵石一般的文字里穿行,就像这个哲学家为了发音更加清晰而在嘴里放了一把石子儿。那是小石子儿一般的文字。一方面,小石头们有自己的重量,另一方面,如果这些石头很漂亮,

第一部
Première partie

那说出来的话也会变得很重要,即使是一些看起来最普通的事情。

对,我很喜欢他的文字。于是,我再也无法忍受一些空洞的话。玛丽娜在她的口袋里放风干的蜥蜴是有道理的。每个人都应该有一样藏起来的东西,而这个东西对一个人来说有无穷的意义。这也许就是亨利说的"微不足道的虚无"……一种微不足道的虚无就是……我不知道该怎么描述……就是我……就像我有很多窟窿……我有了一个想法,并且想要去阐释它,脑海里面已经有了相关的图像。突然,这些影像不再来了,像一卷老旧的胶片燃烧了起来。我的大脑瞬间就一片空白了……嗯,就像我那只白熊存钱罐的蓝色眼睛。多蠢啊,这只熊!

妈妈来我房间了。她进来之前敲了门……这让我感动得想哭。妈妈特别敏感,一碰就碎的那种。我能感受到她很想帮我整理房间,把我的枕头拿出去晒晒,但她没有这么做。她只是坐到了我旁边,摸了一下白熊的头,然后把我的手放到她的手里。她温柔地看着我的眼睛,只对我说了一句,别起床太晚了。

明天我有课。叶子落下,天气转凉,秋天来了。我想到了亨利,他还一个人住在他的山里。他从来没跟我说起过他具体住在哪里。只说在山里,无论去哪里都很远,就像住在美国北部的猎人。我想象他住在一个圆木筑成的小屋里,烟囱上挂着一把步枪。

我只有星期六、星期天和星期一去面包店

工作。新学校里每星期有三天的课。这些课是针对中学毕业会考的补习，包括文学和哲学。我在那儿一个人也不认识。同学、老师和阶梯教室都让我有些头昏脑涨。但我又很享受，因为我真的很想去学习。我每次都坐在第一排，这在别人看来可能有点刻意。我尝试着一直微笑，但拒绝一切的邀请。还有，我做笔记的时候不希望别人烦我。

我一直都很想要有一些贴身小物件，但是我一点也没有。有时候我会感到紧张，双手冒汗，头也不自觉地转动。但我有两样东西一直在包里，我的非洲护身符和玛丽娜装着小蜥蜴的火柴盒，还有一张叠了很多次的、已经磨损的亨利写给我的纸条。我甚至不需要去重读它，因为我可以背下来，当我的心跳得很快的时候，我就会低声地背出里面的句子：

"习惯是我们想要掌控的生活的印记。我们希望任何东西都逃不过自己的控制。旋转木马中，每一匹小马都会温顺地旋转、停下。最难以做到的，便是拆开旋转木马，让小马可以逃离。没有什么能比在大脑宽广的蓝色苔原上的第一次奔驰更加令人沉醉。佐伊，无限的自由就在位于大脑皮层的巴塔哥尼亚。"

每次想到这些话，我都会情不自禁地感叹亨利的智慧。我不太清楚巴塔哥尼亚到底是什么样子，但我可以肯定那里辽阔、荒凉，没有边界。每次想到我的脑子里竟然有那么巨大的空间，我就会感到欣慰。还有太多东西要学习。

十三

一种生活能够建立在"两只手的碰触"之上吗?令人感动的目光有许多,其中有多少次促成了相遇?处在永恒变换中的存在,通过这样的方式识别出产生好感的迹象,感受到默契、互相吸引、意气相投、令人着迷或是心绪不宁……我和她又遇到过其中的多少种?怯懦、犹豫、不幸的经历、有限的时间、无法探清的本质,所有这些,都可以被我们视作成为命运"失败者"的理由。我不禁羡慕起肖像画画家,小汉斯·霍尔拜因、提齐安诺·维伽略、阿尔布雷希特·丢勒、卢卡斯·克拉纳赫、蓬托莫、布隆奇诺、洛伦佐·洛托,他们或是出于自身的选择,或是出于兑现订单,但无论如何,都可以对着一副身体或脸庞看个够。

我们都不过是生活的涂鸦者。对自己认识不清,有时候只有几秒钟的时间来辨认"某一样东西"。但因为时间不够、没有空闲或是缺乏勇气,我们从来不去继续探索。这归根结底,都是出于对失望的恐惧。

是的,就是这个强烈的表达:对失望的恐惧。

大多数时候,人们都因为某种安排或是便利而聚集在一起,我们必须要和那些扰乱我们生活的人相处。

第一部
Première partie

至于我自己，多数情况下，我总是循着自己的直觉去迎接那些逃避的目光。我从来没有失望过。每一次，我都可以发现"某些东西"。每一次。最困难的步骤是不断地清洗陈旧的铁锈，正是这些铁锈，不可避免地遮盖住了无限的可能性。

没有什么比惊喜更加动人的了。在侵占我们的固定思维背后，有一片未知的领地。因为佐伊，我把它叫作"大脑皮层的巴塔哥尼亚"。

我们还需要去理解自己在别人生活中所担任的角色。我的直觉告诉我，我们能够认出那些改变我们的生活的人，他们能穿越时空，甚至在我们毫不知情的情况下，能够帮助我们实现理想和升华生命。

是怎样的奇迹使得一种存在,一种温热的声音和一个未知地的未知物超越了我们的日常?

许多年来,我一直在思考这个问题。在第六十个春天,我遇见了佐伊。她也许是我这辈子采摘的最后一颗果实。

第 二 部

Seconde partie

十四

佐伊对面包店的工作有种机械般的热情。

她的本性要求她做到尽善尽美,她从不迟到,穿的一丝不苟。她也知道如何得到顾客、老板和老师们的喜爱。

无论多么疲惫,佐伊回到家中都会本能地流露出一种发自内心的自然喜悦,她天性如此。尽管这是个时常充斥着悲伤的小家。她一进门,躺椅上的父亲就会调低电视音量,直起背来,从昏沉的状态中渐渐清醒。而母亲总是踩着碎步跑来跑去,跟着佐伊从一个房间到另一个房间,用她尖尖的嗓音对佐伊问东问西。佐伊总是愉快地回答母亲的每一个问题,还会时不时地添加一些没有被问到的细节,尽管那些事儿就像一朵朵被遗忘在人迹罕至的道路上的雏菊一般平淡无奇。苏珊娜外婆住在佐伊家由车库改装成的单人间里。她经常嘴里叼着烟头,像个无所畏惧的泼妇一样。外婆想要知道关于她小孙女的所有故事。她的声音有点嘶哑,每次听完佐伊的故事,都会发出"嚯嚯"的喉音,这既可以表达某种反抗情绪,也可以表达无条件的赞成或是充满嘲讽的感慨。

等到父母都睡觉了,佐伊才能回到自己的房间,去完成一系列给自己"充电"的惯例。

第二部
Seconde partie

在浓重的寂静中，与所有被精致摆放的物品独处：衣橱和抽屉里叠得整整齐齐的衣服，存放在鞋盒里的一些面值两欧的硬币，装着亨利信件和自己胡乱涂写的蓝色文件夹，一些求爱者写的纸条，还有用红丝绒带子精心捆扎成卷的大小各异的信——那都是玛丽娜给她的信。佐伊最喜欢的就是"字"，它们所散发出来的气味，不同的笔迹、墨水的颜色、墨迹，以及被修改的痕迹，都令她着迷。因为这些句子的周围有人的踪迹，字里行间有生命的气息。有些纸张的香气跟壁橱里漂浮的味道一样难以散去。但若说起最强烈的气味，那还属千日红，那是玛丽娜最喜欢的花，它们被藏在她曾经随身携带的亚麻小书包里。

没有任何一封电子邮件能拥有亨利信件的

味道，也没有任何一条从屏幕上传来的情话（无论多么真诚）能够比得上玛丽娜可爱的圆形字体。玛丽娜的字迹永远不会变质，尽管纸张会变黄，但她写给她的哪怕是最小的短笺对佐伊来说都是神圣又珍贵的纪念品。佐伊通常会在枕头下塞一张妹妹的字条再入睡，好似她发现了其间一些被她遗漏的含义似的。

"我喜欢你，胜过喜欢我的白熊。你是我最可爱的毛绒玩具……""别再洗了。不然你会变成一截肥皂然后在浴盆里消失的。""佐伊，永远不要忘了你是我姐姐哦！你什么都可以对我说。你瞧我们的苏珊娜外婆，她就像一只不停号叫的母猪，而我呢，是你的朗姆酒蛋糕，你的芭芭雅嘎巫婆，你的吉祥物。呀，你打呼了！"

第二部
Seconde partie

"佐伊,我喜欢夜晚,喜欢月亮,喜欢你终于整理完了你的盒子,喜欢看你终于从镜子前走开,然后去睡觉的样子,我看着你,自言自语道,我才是你唯一的镜子呀。"

十五

亨利只对佐伊来说叫作亨利。他反复思忖自己的存在,他觉得自己就像一只快要灭绝的厚皮类动物,每天有条理地咀嚼着食物,仍活在这个世界上。他睡眠很差,每个夜晚,生命里的点点滴滴都会在梦中游移,如同一部没有结局的荒诞电影,电影剪辑得十分粗糙。

如果他起床很早,那一定是为了结束昨晚那个凌乱的谜题。他一起床,梦中的场景碎片又会重新聚集,并互相协调渗透,然而带给他的焦虑感却没有昏睡时那么强烈了。

蒙太奇思想的存在，是为了令人认清平常看不见的"刺绣作品"，它能够连接和协调一个个未加工或是被撕碎的场景。因此，每一种事物的存在都需要被精心地"缝制"。为了避免意义的破碎或是丢失，我们必须耐心地搜集每一个生活的片段，宛如对破碎的布料进行拼凑、刺绣。

亨利想这样说服自己，最小的细节都有不容忽视的重要性。一切都被联系和捆绑在一起。他彻底地否定了偶然性。

这便是这位灵魂碎片的缝补者每天清晨写作的原因，这是他最后的奢侈，是属于一个精雕细刻者的极度雅致，如同用月牙形的花边和银色线珠来装饰覆盖自己棺材的黑丝绒。

第二部
Seconde partie

他把自己称作"一万页作者"。一万页或者两万页,谁知道呢?他也从来没数过。一切都被装进他的两个檀香木盒子,那是他思想和情感的石棺。

无论何时,他的书桌上总堆满着乱七八糟不同尺寸的簿子。写满纸页,对他来说是某种幸福的象征,那是他的杰作,是如花边编织工一样烦琐的工作,在此过程中,他不断地去拼凑和拆除着那些无法分享给任何人的、蚁穴般密集的文字和印象。

"请平息吧……你的暴风雨。"

他觉得自己已经触到了生命的本质。他意识到,这一切只是为了创造个人神话。但他可以确定的是,人生只不过是信念作用的结果。人的想象越是丰富,精神越是强大,最后生命终结时所发出的光亮便越是耀眼。

"我想要一种多维度的终结。"

这就是他在高处、在外面、在寒冷之中，在暗堡的围墙之上徘徊时许下的心愿。就好像他再也无所期待，唯一想要做的就是燃起最后一次炊烟。于是，他储藏了每一个日子里的每一处细节。比如，他今晨从水塘中解救的两只溺水的雨蛙，他热情地握住了汽车修理工的手，他对那棵生长在碎石中弯曲的百年松木投去和善的目光，他感受到佐伊的烦恼时想要传递给她宁静。

佐伊为什么苦恼？忧伤投影在她小小的脸庞上。而他，一个穿长靴的老郡长，能做的只有带给她一袭袭香气，那香气来自他总放在雨衣口袋里的千日红。他难道不知道千日红也是

第二部
Seconde partie

佐伊的妹妹玛丽娜最喜欢的花？

他套在身上很多年的茶色长雨衣，如今已变成了他的"保护壳"。在暗堡附近躺下来的时候，他喜欢和白色的岩石融为一体。他常常一动不动地躺着，观察头顶上寻找猎物的飞鹰。每当听到这种猛禽的嘶叫，他都会觉得自己即将消失、蒸发或是分解在岩石中。他想像，或许有一天人们找到他的时候，只会看到这件空空的长雨衣，如同某种动物蜕下的皮。

十六

佐伊的惶恐不安,源于发生在同一天的一系列示爱。从老板到厨房小学徒,再加上三个顾客的挑逗。欲望雪崩一般地表露,对她来说就像被一个个平底锅砸到头顶上。

他们为什么要像饥饿的猎犬一样在佐伊的屁股周围徘徊?

最使她哑口无言的是,当她尝试辩白时,却一次次地被指责:"这是你自找的!不过是个卖弄风骚的小女人!你让我们都为你痴狂,但看看你对我们的态度!"

所有人都和菲利普有一样的说辞。照他们的说法,佐伊是这些发情熊蜂盘旋在她周围的罪魁祸首。

她或许应该学会保持距离,变得不那么天真,少些微笑、不加修饰。

这种雄性欲望让她联想到肉铺,肝、心、蹄子、大肠和肾脏等各种器官。

连亨利都没能让她开心起来。

她一整天都有点精神失常。直到晚上,苏珊娜外婆才让她恢复正常。

"我的小姑娘,你得知道人们想要什么,尤其不要忽视男人想要的东西。别再为别人去做自己不喜欢的事情!没什么好烦恼的,别在意别人的看法!那些男人,保持距离才可以牵着他们的鼻子走,不然你就会掉进他们的陷阱里。用绳子牵着他们的脖子。嚯嚯,他们可喜欢这样了!"

这些话,外婆不必强调第二遍。佐伊明白了,她要和所有人保持距离,她要变得"成熟"。从此以后,她决定保持警惕。那些越界的人,可要倒霉了。

十七

真该死,一对他们和蔼可亲,那些流氓就以为我想和他们睡觉!还有那个亨利,我甚至不知道他脑袋里在想些什么。但至少他与我相处时总是谨慎的。至少他感觉到了我的异常。我觉得他什么都知道。第二天,他就给了我一封信。我那时候仍在怒火中烧,我甚至跟他说,如果他在信中提到任何一个暧昧字眼,我下次就把圆面包扔到他头上。真惭愧啊,我怎么能这么说!很显然,我错怪他了。我背叛了他的信任。亨利就像我的守护神。这就是怀疑带来的后果！怀疑让人变得不分青红皂白，看不清真相。我们混淆是非，变得像干面包一样皱缩。我的确应该保持警惕，我也不想怀疑一切。我不想变成内心枯萎的偏执狂。他们都让我感到厌烦，有时候苏珊娜外婆也是。我没办法做到怀疑所有人、所有事，那不是我的本性。我见过那些满腹狐疑的人！他们买面包的时候会一次又一次数我找给他们的零钱！还有他们监督你工作的样子！最糟糕的是那些女人……我敢肯定，她们从见到我的第一眼开始就讨厌我！大学里的那些学生也都很虚伪，他们批判老师，也会为了得到好分数而作弊。

这些我都不在乎。我不想总是去怀疑，苏珊娜外婆和她作为老女人的经验也不全是对的。

第二部
Seconde partie

苏珊娜外婆只是现在说得好听!她以前可是掉进过很多的陷阱,而且是自愿的。她16岁那年就跟一个摩托车手离开了家:"嚯嚯,那是个特别帅的家伙。"她还留着他的拍立得相片。那是个英国小伙儿,骑着凯旋摩托车,留着一头长发。苏珊娜外婆有过很多情人。这对她来说很容易。她总是说那个时候的她很喜欢男人。男人们都有着"满怀梦想的眼睛"。但是之后呢,一切都变了。这个世界进入了投资和收益的时代,男人们都变成了商人。

她说我们这一代是理智的一代,二十岁的时候就开始考虑退休的事情。而她年轻时才不在乎。还好我的爸妈让她住在我家,不然她每月四百欧元的退休金都得拿去交房租了。

她还说,现在的人们惧怕一切,人们都变

成了生活的懦夫，变成了矫情又贪生怕死的小人物，矫情可不等于"多情"。现在是小狗小猫的时代，算计的时代，到处都是规则。这个年代的人们投入很少，只追求不赔。充满奇遇的时代已然恍如隔世！人们不顾结果放开双手去探索未知世界的时代，已经不复存在。

"还有爱情。啊，爱情！嚯嚯……爱情现在也变成一件可笑的事情。人们把感情当作金钱。人们处处节省，只有确信回报才愿意付出，有保障才会愿意去投资。这是什么爱情？这是储蓄！"

苏珊娜外婆会让你士气全无，头昏脑胀。听她说话的时候，就像我们都是小小的卷毛狗，而她认识整个星球的最后一群野兽。

我可以尝试做一些让步，但我不会像狐狸

一样多疑。我喜欢与人交往。但要是他们很奇怪，那就算了。

那天晚上，菲利普把我堵在他爸爸的车库里。我不敢大叫，因为他爸妈就在楼上的客厅里……我都能听见电视机的声音……他把我弄疼了……我真的觉得很可耻。我不敢把这件事告诉任何人。那天回家，我直接跑到了浴室冲洗。妈妈问我怎么了。我跟她说我太累了，也不饿，洗完澡马上就睡。我一声不响地回到房间，把自己关在衣橱里，关在千日红的味道里。在黑暗里我哭了一整个晚上，好像玛丽娜在我身边一样。对不起，玛丽娜，对不起……

十八

亨利很快就意识到了佐伊的变化。那个从头到脚都一丝不苟、无可挑剔的姑娘，变得没那么精致和耀眼了。连她的眼睛里，似乎也多了一抹沉重的忧伤。曾经毫无防备的天真被某种疏远替代了。她的衣着看上去不再那么地精挑细选，她甚至放弃了所有绚丽的颜色，只套上黑色的衣衫。她为什么悲伤？什么内在的东西浮出了表面？这些变化有深层的原因吗？可能只有她自己的心里才有答案。亨利知道她又去上学了，也因此调整了在面包店工作的时间。于是，每个星期六和星期一，他都要在面包店足足待上一刻钟。每个常客都会在那儿喝个两三杯咖啡，而他只是坐着，假装读着本地报纸。他知道佐伊看到他会很高兴。他的出现对他们俩来说是一种相互的愉悦。每当亨利来到面包店，遮盖在佐伊脸上的沉闷云雾都会瞬间消散。

酵母面包，也就是他们的"信箱"里装满了信息，装满了生活的碎片或是某个时刻偶然想到的问题，这些问题比任何时候都更加迫切地需要得到答案。亨利努力地寻找答案，像一个谨慎、害羞而又笨手笨脚的哥哥。他甚至不知道要去回答什么，不知道佐伊在这特别的通信中期盼着什么，但他发誓要把自己最好的文字传递给她。他写给佐伊的句子，如同雀鹰一样在她的头顶上空飞翔，时而近，时而远，像一次漫长的摸索，像一座废弃学校的冰冷走廊里一丛丛的绣球花。

"这黑色的墨水，是我心中的最后一曲音乐。如果你们知道我有多么爱你们的话——你们，我的孩子们，勇敢的、谦卑的你们，或是傲慢的你们……你们颤抖的手，忍住的眼泪，眼睛深处的慌张。脆弱从你们华而不实的荣耀中探出头来，可荣耀啊，它总是转瞬即逝。你们，我的兄弟姐妹们，我生命里最初和最后的你们，疑惑和担忧的你们，我短暂的伙伴们。我是多么爱你们，而你们却那么快就褪去了孩子的模样。

"还记得你们曾多么喜欢跑跑跳跳吗？孩子们，我请求你们别丢掉童真。无论如何，请永远保持好奇，永远像渴望蓝天的燕子。

"附：我看到了你的悲伤。我不知道其中的原因，也不想过问。只想对你说，别忘记内心深处的自己。你身上有一种能让世界发光的东西。

"无论发生什么，别忘了：没有任何人或事能毁灭你的天真。无论发生什么，我们都应该为捍卫自己乐观的天性而斗争。"

十九

时间,对于亨利来说已经不复存在。一个早晨,一个下午,或一些被风吹动的漫长夜晚。

有鸟,有云,有石头。其中恒久不变的,是他执意要留给"上帝、灵魂、孩子们和佐伊"的一串串写之不尽的文字。这变成了一种惯例。黎明时分,坐在三角形的书桌前,他要做的似乎只是去记录一个声音对他的窃窃私语。他如同一个文字的僧侣,用一笔一画的字填满着一页页纸张,规律地把钢笔浸入最后一瓶浓黑的墨水。

他念经般地低喃,咒语低沉,他写作的时候低声嘟哝着,如同一个年老的拳击手搏击沙包的固执。他与虚无、寒冷和孤独作着实力不均等的抗争。有时候,发动机器是那么困难,因为这需要一个技术精湛的机械师,需要好几铲煤炭、一杯好咖啡和一满壶润滑轴承的油。每一页都是一次新的开始。那张巨大的、印着在阿根廷潘帕斯草原上急速奔驰的火车头的黑白相片,总能带给亨利文字灵感,一股下笔前的战栗。

"思考有一种强韧的进入能力,它有条不紊地潜入我们思维的迷宫。为了

第二部

Seconde partie

更好地理解人性,应当更多地了解自我。每个人在子宫里时,都拥有人类所有的特征。

"如果每个人都能发掘自己的特点,那么我们便将拥有巨大甚至超乎寻常的潜力。

"'存在',不仅意味着我们生活的现实世界。在这个世界,我们很容易不知为何就'任由自己被动地存在着'。

"存在,也关乎我们对未来的选择。我们的大脑宛若一个装满东西的大大的杂货铺,我们得在其间翻找、鉴别,试图'拔除那些堵塞了生命之泉的树根'。

"之后,尽管没有任何环境的制约,没有社交圈子的影响,没有某些哲学家和科学家的富含推理、声名响彻的理论，我们还是得作出选择。

"我们得去挑战不可能，选择更高、更远、范围更大、内容更丰富的目标；那里无须解释，无须自辩，无须承诺；没有任何舒适区，也无法后退——无法回到之前的思想幼稚的状态。

"作出这些选择的人们，既会滔滔不绝，又会沉默不语……煌煌宇宙，皆在他们心中。他们甚至还能隐约看见永恒爱情许下的不可思议的承诺。

"那么，就写作吧！直到死去。

"真实的写作，深深地浸入这个世界的血脉。面对残忍、愚蠢的仇恨和所有对天真的亵渎，写作就像一种疫苗或是解药。

"读者并不是写作的必需品。写作，可以自给自足，其咒语般的雕刻过程在空气中弥漫，为的是能够滴滴洒在苦难者的皮肤上。

"文字的流线宛如大理石花纹般，震撼着人心；也如同祷文，能够连根拔除恶之根。只要有诗人，大地母亲温柔的灵魂便会看护脆弱的人类。"

这就是今天临近破晓时分亨利写下的文字。他又一次发现，所有在沉默中完成的作品都会被示以光明。他喜欢太阳升起之时，狭窄的窗缝里漏出的金色阳光，它们就像一枚印证他思想的蜜蜡印章。

然后,他就带着自己的工具箱去了山里游荡。他喜欢一次又一次地经过他选择的,或者说选择他的那些大石头,并把它们雕刻成为某些大致的形状。他审度它们,就像一个视察自己军队的小国国王。随后,回过头来进行细节的处理,或是修饰鼻梁和耳垂的轮廓,或是打磨一只手,甚至还会在它们的眼中嵌入玻璃制成的圆形瞳孔。

这些巨人的目光将比他的寿命更长。它们硕大的岩石身体中,存留着他咸咸的汗水、斧头的挥动和怜爱的抚摸。他希望它们能保护他的孩子们。希望它们某一天能挣脱这里的土地,飞向另外的星球。

二十

佐伊在床上啃一块黄油薄饼。她穿了藏青色的睡裙,头向右侧歪着,翻着童年时候的照片。她一会儿笑,一会儿哭,一会儿轻声地自言自语。

爸爸的胡子,他的出租车……妈妈那时候还那么年轻,她双腿交叉地坐在爸爸车子的引擎盖上……两个小女孩儿,脸蛋儿红扑扑的,站在妈妈的两侧……五岁的玛丽娜在裙子里显得小小的,她总是穿同一条花裙子,得和她苦苦交战才能让她把裙子脱下来,因为她想睡觉的时候都穿着它。这不仅仅是臭美了,甚至可以说是一种执念。后来有一天,她把这条裙子扔进了垃圾桶,从此只穿牛仔裤。

她不喜欢别人给她拍照。必须跑到她身后才有机会捕捉到她模糊的身影,她讨厌摆姿势。在所有有她的照片上,除了她,别的一切都是清晰的。因为她总是走来走去,蹦蹦跳跳,或者用手挡住脸。

"我不想别人偷走我的灵魂……"

她之所以这样说,是因为苏珊娜外婆。外婆酷爱印度文化,告诉她如果把一个人框进照片里,就是偷走了这个人的灵魂。

从七岁开始,玛丽娜就阅读所有她能得到的书。很快,她就读完了家里的"小小图书馆"。烂俗的小说,关于植物或者顺势疗法的科普书

第二部
Seconde partie

籍、《鲁滨孙漂流记》、夏尔·佩罗的童话集和旅行手册,以及一九三三年出版的六册拉鲁斯大辞典。她会花整整几个小时出神地看拉鲁斯大词典,盯着上面的彩色插图,学习那些名称,世界上所有东西的名称。

很快,学校给玛丽娜跳了一级,尽管她比别人小两岁,个头比其他同学小很多。跳级后,玛丽娜仍然是所有科目中不容置疑的第一名。

在她十四岁离世的那一年,即使因为生病长期住院,玛丽娜也仍然以优秀的成绩进入了高中。她生命的最后六个月,在医院和家之间,她总是随身携带着一个装满书的绿色帆布手提箱。

"你真是越来越像个公证员了。" 正为及格而发愁的佐伊嘲讽地对她说。

"那你就是个又饿又贪吃的小恶魔……"

玛丽娜用她天才小孩永远的严肃语气回答道。

这个小女孩轻松地就掌握了电脑上她收集到的所有信息,偶尔来瞄一眼她姐姐追的西部片,然后继续读她面前的两三本书,并复习着功课,还在另一个本子上做着笔记。她自然又安静地同时做着这些事情。

"这姑娘真是块海绵,"苏珊娜外婆说,"嚯嚯……这块不可思议的大海绵!"

而我,永远都顶着一颗朱顶雀脑袋①。佐伊合上了两本相册,又拿起了淡紫色的本子。

我目光短浅,什么也不懂。我两腿之间好疼啊,菲利普那个混蛋!我甚至都不愿想起他。

---

① "朱顶雀脑袋"为法语俗语,通常形容愚笨、不加思考的人。
　　——译者注

第二部
Seconde partie

他不停地给我打电话,我再也不会接了。我不敢对任何人说这件事。玛丽娜,我想你,我想你。你在的话,一定会告诉我应该怎么办的。我甚至都不能告诉亨利。尽管我知道他什么都懂。读了他写给我的上一封信后,我好受了一些。"没有任何人或事能毁灭童真……"他就像一只高瞻远瞩的鹰在我的生活里打转。我也想了解他的生活,但他从来不提及。我只知道亨利有几个孩子,他很少和他们见面,但无时无刻不在思念他们。

玛丽娜,亨利……一个不在了,一个离我很远,但他们两个都是我的天使。

我也无法对爸妈倾诉。他们已经脆弱不堪

了。至于苏珊娜外婆,我完全知道她会怎么跟我说,类似于:"没事,你会慢慢恢复的……"

对啊,我肯定会复原的。但是,关于这件事,我却不是很有把握,仿佛我所有的信心都离我远去了。好像有种东西被打碎了——我对自己的信心,或者更糟糕的,我对别人的信任。

我想在某个人怀里哭,一个和我并不亲近,但是比我更了解我自己的人,一个充满同情心的人。同情……我喜欢这个词……"一起悲伤"。

我和我的猴子布偶一起悲伤。它没有毛,一只眼皮垂下来,神情沮丧。可怜的旧猴子,破了洞,又被缝缝补补。它是我的证人,化身为我的悲伤,第二个我。

二十一

十公里弯弯曲曲的路,把暗堡和小镇阻隔开来。那条路,给了亨利足够的时间来做好面对人们的准备。他更希望可以步行完这十公里,但他糟糕的腿再也不能允许他像猫一样自如地在路上徜徉。

他那么喜欢走路,在阳光下,在雨里,在清晨或者夜晚,大步地、轻盈地向前。他曾用这种特有的方式笔直又平衡地大步行走,走遍了这个世界,即使是在最崎岖的路面,他的双脚也知道如何找到支撑。

他的车又旧又破,每经过一个凹坑都会嘎吱作响,那是进入镇上平坦柏油马路的愉快前奏。

亨利知道佐伊和他一样,对所有类型的人都拥有一种真实且深刻的理解与同情。一方面,人们会吸引他,让他惊讶或是感兴趣;另一方面,他又过早地识破了他所厌恶的人们的懦弱、贪婪和虚假,为利益而谋划的算计和编造的谎言,所有形式的伪善——这些都是原本可以变得伟大的人无法避免的硬伤。人们甚至陶醉于他们自己狭隘的思想!做个渺小者、告密者、平庸者使他们感到更有安全感,至少他们感觉被温暖包裹着。

和佐伊一样,亨利总是拒绝怀疑。怀疑同

第二部
Seconde partie

样是失败者的算计。于是,他选择了远离尘嚣。他把自己隔离,不接受任何人的亲近。

除了拒绝怀疑以外,佐伊还坚守着一份他认为最重要的品质:善良。对,善良。善良是一种感恩的状态,一种微笑,一种率真。很少有人拥有佐伊那种从不兜圈子的坦率。亨利则意识到自己变得有点过于离群索居,因此他变得有些笨拙。他总是害怕自己的微笑看上去像食肉动物的咧嘴,或者一个面瘫者的鬼脸。我们的身体带着生活的痕迹。佐伊之所以漂亮,是她整个灵魂的反射,她的快乐或悲伤,一切都可以看出来、读出来,没有什么可以隐藏。她站在那儿,无拘无束,毫无保留,就像一棵树,一只小动物,一块石头,还像一个小孩子。

亨利想起了他的孩子们,想起了他和精力

充沛、无所不能的他们在一起的时光。是那么地真实与美妙,强烈又脆弱。

他的孩子们,他的小东西们,无论他们在哪儿,不管做什么工作, 他希望他们永远都是快乐的创造者。

一边慢慢开车,一边想念他们,真是一件幸福的事。

低速行驶的十公里,简直就是永恒。很多场景在他脑海中划过:相遇,美好,出生,离开,事故,疾病,重逢,焦虑,拥抱的快乐,笑容,哭泣,母爱和墓地。

亨利不喜欢讲述他的生活。在他记忆的万花筒中,似乎只有一闪而过的目光、声音和风

第二部
Seconde partie

景,以及混杂在一起断断续续没有名字的图像。没有任何时间线可以用于组织小说的情节,只有无数微小粒子组成的永远漂浮的云朵,只有印象。他生命中最清晰的幸福之一,是昨日听到一只以前没见过的不知名小鸟的啁啾,那是他在生命的最后一天都想要听到的声音,那跳动的音符就像是通往另一个世界的钥匙。那只鸟很小,浑身的羽毛都是棕色的,只有翅膀上是蓝绿色的。也许它是一只夜莺。他似乎在童年时候就听到过这样的歌声。那是在一个盛夏时节,他躺在凉席上正午睡。木地板嘎吱作响,窗户大敞,窗帘被卷了上去。小鸟立在大树的最高处。远处的森林里,布谷鸟规律地鸣叫。白色栗子树上的蜜蜂嗡嗡地忙个不停。生命无限地充盈。一切都那么和谐,一切都融入在某个音符或某种香气中。除了它们,其他的事物都处于夏季的无法控制的躁动之中,每一寸神经都在作痒。取代沉思的,是物质世界不可避免而令人悲伤的纷乱。

"我只是一个冥想者。一个可怜的空想家。一个自言自语的傻瓜。这就是所谓的风烛残年吧,一个微小的细节,就可以占据我的一整天。我就像一只仅拥有一根骨头的狗。一件微不足道的事情可以让我无比满足。还有两三公里我就可以沉溺在佐伊似水的眼波中了。然后我去把信寄给孩子们,再花掉四个硬币去买蔬菜。今晚烧个汤,够我吃三天了。活着的每一刻都是恩赐。奥古斯特·斯特林堡那句话怎么说的?……噢对,想起来了……'孤独,是把自己包裹在灵魂的蛹里,等待破茧成蝶,因为那一天总会到来的。'多么美妙的句子,多么恰当的比喻!我是上帝的小丑,要是能够逗笑天使那就更好了。"

二十二

"亲爱的女儿,我的小甜心。我和你爸爸暂时把家交给你了,希望这次去阿尔卑斯山的短途旅行能让你爸爸高兴一些,我们太久没有旅行了。冰箱里有所有你喜欢吃的东西。你一直是个勇敢的女孩儿。别睡太晚。还有,告诉苏珊娜外婆别到处扔烟头。爱你,我会给你打电话的。妈妈。"

Zoé

沉思者佐伊

佐伊很久没出门玩了。她读中学时的朋友们要么读了商校,要么去了职业技术学校。大学里的同学也都习惯了她的孤立。只有一个男孩,总是坐在固定的位置上,用特别的眼神看着她。不管怎么说,佐伊觉得自己的美貌还是足够能吸引不少可怜虫的。在街上,总会有人走到她前面请求她的"施舍"。如果有人在她身边自言自语,那些莫名其妙的话多半是说给她听的。所有的疯子、瘾君子和酒鬼都会盯着她看,尽管他们的样子如凶神恶煞,但只要看见了佐伊,他们就会冷静下来。人们会跟她抱怨社会,对她露出一副渴望痴恋的表情。甚至在面包店,顾客们都会想方设法对她吐露心声。和她在一起的时候总是会令人感到轻松,她大概是个合适的倾诉对象吧,是

第二部
Seconde partie

一个泽耶比内特①,喜剧里最单纯的女性角色之一。她总是在倾听别人的声音,可这个完美的倾听者却从来听不见自己的内心。

我受够了总是做那个善良的朋友,那个可以倾听一切的对象,那个所有人都不用戒备的人,那个永远都过得好、特别讨人喜欢的姑娘……都见鬼去吧!还有关于同情,他们能感受到我的同情。苏珊娜外婆说,这是某种"动物磁性"。就像吸铁石和废铁的关系一样,吸铁石是更讨喜的那一方。好了,说这些都很沉重。有时候我觉得自己像一条长满虱子的狗,受够了和虱子"一起悲伤"的日子。我羡慕所

---

① 泽耶比内特为莫里哀喜剧《斯卡潘的诡计》中的女性角色。
——译者注

有自信的、丝毫不受别人影响的人。比如老板，他只对钱感兴趣，如果他身边的某个人很难过，他只会耸耸肩说："明天就好了。"他是那种从来不会感受到别人苦恼的人。而我，却会像得流感一样被传染上别人的沮丧。这很糟糕，因为我对一切都不免疫。

所有的女孩都害怕老板，所以没有哪一个能在面包店坚持工作很久。可是我别无选择，我必须得工作。老板对我也还算宽容，很显然他挺喜欢我。而且我从来不迟到，从来不生病，我一直保持微笑，什么都能适应。可以说，我是个名副其实的快乐傻子。这些都不重要。重要的是这次我一定要通过中学毕业会考，因为这是解救我的唯一途径。我先通过会考，然后

第二部
Seconde partie

去学电影专业。我想成为某个电影拍摄组的一员，做剧本、声效或是灯光方面的工作都可以。

道具管理员这个职位也特别适合我，因为就连短裤上装饰用的扣子，我都不会忘记。

我的曾祖母曾经是废铁商，我大概是从她那儿遗传到了酷爱收纳的怪癖。她有一块地，上面整整齐齐地摆放着各种火车车厢。她还有一座山，堆满了被压成正方形的汽车，放满了轮胎、散热器，以及一辆带着磁铁的起重机。铜和铜摆在一起，铁和铁在一起，铅和铅也在一起，那简直满足了我的一切幻想。我的曾祖母，我记得她叫玛格丽特。苏珊娜外婆总是跟我说，玛格丽特桌上的收纳橱一直顶到了天花板。橱子中的木质抽屉上贴满了标签。在这些被分类的抽屉里，分别放着铜制的螺钉、螺帽、挂锁、小链条、皮带扣、钉子、挂钩和铰链,几乎所有东西的零件都能在这儿找到,有的甚至不知道名字。苏珊娜外婆还是小女孩的时候,那些抽屉简直就像"阿里巴巴的山洞"。那还是五十年代,十岁的苏珊娜外婆最喜欢的一隅就是摆放摩托车的角落了。十五岁时,她就已经骑上了一辆废旧摩托,本田500之类的型号。她没有驾照,骑车的时候和平时一样疯狂,放着嬉皮士的音乐。摩托车发动机上满是油污。

好了,说了这么多,都是为了证明我有做道具管理员的天赋(除了与油污共处这件事情)。我喜欢整理乱七八糟的东西,但必须得让我安静地完成,我喜欢按自己的节奏行事。这种想整理的欲望甚至超过了我自身的欲求,因为即使不在自己家里,我也控制不住自己想要收拾

第二部

东西的欲望。比如在面包店,我变成了摆放糕点的女王。老板注意到,自从我把蛋糕按照颜色、形状和大小排列得既和谐又好看以后,它们的销量就上升了。

连亨利都赞赏我摆放糕点的方式。看到那么高大的他离开面包店的时候,手里提着两个巧克力泡芙、一个布丁和一个草莓派,我就感到特别自豪。从一个人的口味来认识一个人,这真是一件有意思的事。亨利的笨手笨脚和局促不安,尤其让我喜欢。人们说他总是像在梦游一样,但是他的眼睛会盯着你,直到让你感到不自在。所有的女孩儿们都这么说。一个姑娘有一天甚至和我说:"这是谁啊?他怎么老是这样看着我们?说不定是个老色狼。"这个傻姑娘!色狼才不会这样直勾勾地看,他们都是从上往下窥视。不过我是唯一了解亨利的人，他会进入你的灵魂里，会把他生命里最好的东西毫无保留地带给你。

我也把我所有的东西都告诉他了。我把淡紫色本子上最重要的内容抄了下来，叠成小纸条，然后把它塞进了他上个星期带走的蛋糕盒子里，就像他之前做的那样。他是唯一一个令我可以无话不说的人。现在他什么都知道了，关于我的家庭，我的愿望，我的理想甚至我的忧愁。我还隐晦地提到了菲利普对我做的事，但我知道他肯定能明白。

把我写的东西抄下来并交给他，这让我有种宽慰感和释放感。可怜的亨利，他要读一个傻姑娘放在蛋糕盒子里的倾诉，吃到甜蛋糕里的苦涩。但他从来不对我作任何评判。

二十三

　　谢谢你的信任。谢谢所有这些讲述你生活的文字。你的生活美好，充满真诚与个性。我能做的，就是欣赏你用如此清晰和清新的手法来展示你的内心。相比起来，和字条一起的蛋糕便没有那么可口了。

　　我应该给你怎样的回复呢……这些倾诉需要一份答复吗？你仍然是真实的自己，这一点就足够让我感到快乐了。

能与你进行如此的通信，已是我这个孤独老人最大的满足。

永远不要忘记，无论发生什么，我都在。

继续你原本的生活吧。

很少有人能像你一样把泥浆变成黄金，你就像一个炼金术士。望一切都好。亨利（这似乎是你给我起的新名字）。

二十四

　　我就这样得到了一个新名字。我真正的名字并不重要,但是这个代号仍然伴随了我的一生,这让我有点不快。我不知道……在我、真正的我和这个被人"掌控"的名字之间是否存在一道鸿沟。名字是我的复制品,一个被编撰、被分析、被识别的复制品,它是一个令我机械应答的代号。

　　"亨利"也是一样,不过它是只属于佐伊

和我之间的代号。我对她觉得我像一个老郡长的观点表示赞同。从此,我总是会不由自主地幻想自己的跛足是由一场决斗造成的。

无论如何,真相不过是别人的幻想。

我常常会联想到传说中威尼斯摇摇欲坠的宫殿。那些宫殿远离旅行的线路,偏离了环礁湖的湖边,在绿色水藻中,永恒的汩汩水流声中被遗忘。变得开裂、浮肿。有时候我很难把现实和梦境分开。

年轻的时候,人们叫我巴瑟萨,也许是因为我年少的轻狂的难以战胜的力量。第一个爱我的女人温柔地叫我法布里奇奥。我有一个令人讨厌的习惯,那就是给我生命中出现过的人起一个会闪现在脑海中的名字,这就像重新点亮一个已经褪色的存在。

我很理解人们改变身份或是在某一个地方消失的需要,如同游蛇一般,他们想把他们蜕下的皮囊留在身后。

银行文件、社保号码、保险合同、结婚证书、学位证书、工资单、公证书、信用卡、蓝卡红卡绿卡灰卡、户口本、密码……遗留的、遗忘的,撕毁或烧毁,只剩下没有任何价值的残骸和可悲的档案。不再流任何一滴血。

生命之轻,以最纯粹的匿名。

佐伊的文字和我在面包店观察到的她给我留下的印象有着惊人的一致性,这让我一次又一次感到惊讶。

于我而言,看见某个事物、记录它,与它

对我带来影响这三个过程之间总有一段时间差。而佐伊,像我的"巨石阵"一样同时完整地出现,并且展现了她的情绪与性格里所有细微的差别。她的容貌,她的深度,她微妙的动作,她的眼神,一切都恰到好处地结合在一起,不多不少。她展示着自己所有的情感,对快乐和痛苦不加丝毫掩饰,从不伪装,用纯粹的单纯面对生活。

我已经写过了:她在那里,圆润的,娇小的,严肃的,安静的,愉快的,健谈的,容忍的,闪耀的。温柔的佐伊,我孤独的妹妹。

二十五

哈里带着一副教皇的神气回来了。我并没有因为这位士兵朋友突然的归来而感到不快。我承认,暗堡和周围的寂静已经侵蚀了我,再甘于寂寞的人也有孤独之时。

我多么希望孩子们能更频繁地来看我啊!他们是我的四个支柱……我又不能再远行。我把自己塑造成一个来自远古的人,没有鼓声,没有号角,没有电视也没有网络。我如同处于旧石器时代，从不远离自己的巢穴，还用雕刻刀刻划着自己的领地，使之区分于周遭。我想念孩子们的温柔，但他们有自己的生活。我只能耐心地缝补自己的生活，就像一边缝补着一只风筝，一边幻想着它的最后一次飞行。

二十六

"一切都有痕迹。"亨利跟我说。他说只要去看、去听、去感受,就能有所察觉。我们被赋予了一切,命运也早已注定。唯一有意义的,是我们要有去捕捉、联结并理解那些痕迹的意愿。若他说的是真的,那就好了。我实在不太喜欢现在的感觉,就像我是一只可怜的飞到麻雀嘴边的小飞虫!

蟋蟀仍不停地在面包店唱歌。没有人能够捉住它。面包店的傻子们抱怨了一阵子，但在我的坚持下，他们最终决定不再理它。这只蟋蟀甚至变成了我的保护者。能够得到片刻宁静时，看到它，我就会想起亨利。

放学的时候，同校的一个男生过来跟我说了话。他看上去很拘束，是那种害羞的类型，有一双特别好看的手。他说想和我一起复习，他和我一样没通过中学毕业会考。这个年代竟然还有通不过会考的！那成绩真是差到极点了！

遇到这个男孩，我很高兴，也很安心。我感觉自己不是唯一的笨蛋了。但当我看到那些通过会考的人时，我又会感觉自己很没用。如果玛丽娜还在，肯定已经在读大学了吧！

第二部

seconde partie

带着聚精会神的表情,玛丽娜总是能轻而易举地把一切做得很完美。她只需要读一遍文章,就可以对内容了熟于心。我呢,即使读上一百遍也不能确定自己是否能够回想起来。"一颗名副其实的朱顶雀脑袋。"这是她最喜欢的一句对我的描绘。她总是会用这种有点古老的表达方式,不带一个粗俗的字,说话的时候保持一种恼人的冷静,就像没有任何东西可以影响到她。

也许我的感觉可能有点疯狂,但我越是了解亨利,越是觉得他和玛丽娜很像。

唯一的区别是,对于一个六十岁的人来说很正常的事情,放到一个小姑娘身上就有点奇怪了。

不管怎么说，玛丽娜和亨利是我见过的最独特的人。除此之外，我还认识一些说话特别大声的人、谨慎的人、伪善的人、多愁善感的人、随和的人、老态龙钟的人，甚至像煤炭一样糟糕的人和贪婪的人，以及苏珊娜外婆说的那种外表慷慨实则贪心吝啬的人——这是最危险的一类人。

我有个比我年纪大一些、阅历丰富的朋友，她说要是一个男人晚上睡觉的时候握紧拳头[1]，那么他就是个斤斤计较的人。

"握紧拳头睡觉"就是"口袋里有海胆"[2]，

---

[1] "握紧拳头睡觉"为法语俗语，引申意为熟睡。
——译者注
[2] "口袋里有海胆"为法语俗语，即不愿意把钱从口袋里拿出来，就像里面放着有刺的海胆而不去触碰，意为吝啬。
——译者注

第二部
Secunda parte

这就像是把自己紧紧地锁住了。所以,我如果在晚上醒来,会尽量把双手张开到最大。

无论如何,我不要做一个吝啬的人。

二十七

晚上,亨利和哈里围着一锅美味的汤重逢了。这汤是哈里花了好几个小时精心煮出来的,煮汤的锅,这位士兵也会用来洗袜子。

汤的原料和往常一样:邻居和朋友家菜园里的蔬菜,山间植物制成的香料,非洲旅行带回来的辣椒(他有一个匣子,里面装满了各种小布袋),还有他事先在黏土上架起木柴烧好的鸡肉。

木柴灶发出愉快的声响,两个朋友大块朵颐,喝着紫罗兰利口酒,这酒带着一股无与伦比的醋栗香气。餐布上放着外脆里软的酵母圆面包,旁边是一锅牛肝菌——毫无疑问,那是亨利最喜欢的一道菜。

二十八

哈里算不上是个真正的厨师。他有一种在简单事情中创造出"愉快"氛围的天赋,比如切西葫芦的时候割破一只手指,但他从不因此退缩,而是会带着伤口勇往直前。如果你不经意地告诉他你不爱吃西葫芦,那么他会冷笑着对你说:"你不知道你失去了什么。"

能有一个人坐在我对面真是太快乐了,我们的声音和笑声回荡在暗堡里。此前我差点就

Zoé

在我的壳子里变成了化石。在这些墙壁之间听到除我之外的另一个人的声音，就如同重新打开了世界的大门。这几天收到孩子们寄来的信件更是让日子变得美好。这些信盖着墨西哥、瑞士、希腊和意大利的邮戳，是相隔几天寄到的。好事总是同时到来，这似乎是一个真理。我会一封一封专心地写回信，告诉他们，父亲一切都好。现在，哈里也回来了。所以，我并不孤单。他们圣诞节都会过来。真好啊！

哈里是个独特的人。他的心就像一座宫殿，什么都可以找他解决。如果我们需要两立方米的木头，他就可以找来五立方米。记得曾经有一次，我突然想提前囤两三袋土豆，而他用土豆在院子里堆了一座山。后来，土豆坏了一半，

第二部

Seconde partie

我们不得不把它们扔了出去,这可便宜了暗堡外的野猪。

老鹰、黄鹿、北山羊、野猪、野兔、松鼠、刺猬,这就是哈里的天地。他观察它们,和它们说话。他还保护它们,以至于猎人都对他充满了畏惧。他所在的方圆一千米内,没有猎人敢靠近,那是他的保护区,他的领土。如果哪个不幸的猎人误入了他的领地,那么这人便会看见一个疯子挥舞着短刀,然后,那个猎人将在这个无可救药的假野人的吼叫和咒骂声中仓皇逃离。哈里是半个野人,在他年老、粗俗的士兵外壳之下,安放着一个温柔的灵魂。十五年来,他一直陪伴着我。我的孩子就是他的孩子。

但我还没对他提起过佐伊,男人之间总会

有些不好意思。一切都像说好的一样，我们从不提及各自的过去，也不谈论生命中的女人、怪念头或者痛苦。我们满足于一起经历的痛快过往，并愿意分享生活中踉跄的真实。我们互相接受彼此不时的疯狂行为，我们不对外部的世界做出任何妥协。

他吸的烟大概和消防员一样多。我建议他不要把放炸药的箱子藏在床底，然后他一边在贮藏室里发牢骚，一边把箱子收了起来，收进了一个用混凝土加固、带不锈钢门且有锁的小房间。

如果，哈里偶尔喝了比平时更多的酒，甚至在地上打滚，那他一定有他自己的理由。本质上，人类就是因为悲剧才美丽。他沉默的时候尤其吸引人，我知道他正在有意识地加快他命运的步伐。当他每天以艰苦的工作为代价，努力改变自己的生活、创造新的生命轨迹之时，我都能看见他在发光。

二十九

在持续的压力之下,佐伊最近反弹,变得像一座活火山。她从未如此活跃、如此专注、如此精力充沛。她感觉到某些东西在她沉睡、停滞的身上苏醒了,此前的她就像一只全神贯注孵蛋的母恐龙。

她感觉到全身注入了一种新的能量。各个方面的高度警惕取代了曾经的简单、纯粹。没有什么能逃过她的眼睛。她能察觉到最细微的躁动、焦急与引诱,能感受到灵魂一次次地流动,她记录下一切。于是,在她无可挑剔的漂亮脸蛋之下,燃烧着一团愤怒的火焰,一种有时候让她自己都感到害怕的愤怒,一种陌生却真真切切存在的愤怒。

一种时刻准备着倾泻的愤怒,一种她无法预测后果的愤怒。这种愤怒,在和苏珊娜外婆的一次争吵中彻底爆发了。

可怜的苏珊娜外婆对人和事不会一视同仁,尤其当某件事与我相关的时候。我之前并没有太在意。不用说,家庭是解决问题最好的试验场所。你可以和亲近的人进行练习,但原则是这绝不能变成真的。但是这次,苏珊娜外婆对我摆了脸色。她又一次批评了我对男人的糟糕态度。说我不喜欢他们、不理解他们。她说他

第二部
Seconde partie

们经常很笨拙,但是事实上这才是男人真正的魅力所在。她甚至为菲利普辩解(我后来把一切都告诉了她)。还说我最终会变成一个尖刻的老女人。我看在她眼里,没有什么比肉体的享乐更重要!

听到这些话时,我像一条角蝰一样猛地弹了起来。我去撕咬,去啮噬,直到她开始努力地抑制哽咽。

那是我第一次见到苏珊娜外婆哭,她染过色的长发露出了花白的发根。

她的哭泣并没有让我冷静下来。不知道为什么,我突然把她当作了我厌恶的所有东西的同谋。她点燃一支又一支的烟。玛丽娜一定很讨厌看到这样的我。但我仍然毫不留情地抨击了苏珊娜外婆所谓的"自由的一代",那样的时代把她变成了现在这个接受救济的人,让她不得不寄居在女儿的家中,带着她的烟蒂,带着她拒绝衰老的可笑模样。

而她那些曾经的男性伴侣……我很好奇他们后来都怎么样了……肯定有像她一样,成为怕死的寄生虫,或者退休以后让人厌恶的肥胖乡下人。他们用老年卡买便宜的火车票,在车厢里吃着味道很重的鸡蛋三明治,让全世界都厌恶他们……我能想象他们张开大嘴嚼东西的恶心样子,还有他们响亮的令人作呕的手机铃声,以及在电话里大声说出的蠢话。这还远远不足以描述他们的蠢样子!我的思绪像洪流一般停不下来。我还要说。我不能忍受这些老人,我看不惯他们的样子:退休金,自行车,他们拿在手上的拐杖,博物馆,开野营车去旅行。

第二部
Seconde partie

四十年以前,他们也许是前卫的人,但如今,他们会做的不过就是倚老卖老和自以为是。

就像面包店的老板,五十四岁。他黑色的假发让他注定不能成为嬉皮士。他是这个体系里诡计多端的一类人。我讨厌他给人建议的方式,眨着眼睛就好像无所不知;以及他觉得自己说话总是有很多言下之意——他从来不把一个句子说完,而是带着他保护者的表情和虚情假意的语气暗示着——我是他最喜欢的员工。这让我感到恶心。当我看到他眼睛里我自己的映象时,甚至感到羞耻。我有种不好的预感,我担心一切都会以糟糕的方式结束。

我整个星期都没有亨利的消息了。他再也没来过。希望他不要有什么事!我喜欢他,他年老而孤独,但只有他会让我感到安心。他既不贪图个人利益，也从不好为人师。他写给我的信让我充满想象，他就像是从另一个时空来的，他是我的郡长。他总是有自己的道理。

我向来都特别需要"习惯"，可似乎所有习惯都抛弃了我。我不知道还有什么可以支撑自己。这一方面很痛苦，另一方面又让我有逃跑和离开的想法，就像旋转木马上的小马，在无边无际的巴塔哥尼亚平原找到了属于自己的自由。

我甚至想把房间里的一切东西都毁掉。想花光我所有的积蓄，想掐死我的白熊。我想住到一个远离父母的地方。在学校里，我最后甚至和每一个人都说了话。我再也不坐第一排，而是坐到了那个叫萨米埃尔的男孩身边，那个有一双好看的手的男孩。我们俩经常一起笑。

我做了测试。确定了。我怀孕了,六个星期了。菲利普的。我去看了妇产科医生。我不能,也不想留这个孩子。我想吐。已经决定了。我预约了医生。明天就去做人流。我害怕。却不能对任何人说。求你了,玛丽娜,帮帮我吧!

三十

我写满了这个一百二十页的黑色簿子的每一页，也许，我得再开始一本新的。

我用保尔·瓦雷里的句子作为这本全新的黑色簿子的开篇："每个沉默的微粒都是果实成熟的契机。"

在哈里回来之前，我的沉默已经到达了极致，以至于我的身体好似变成了一个洞穴，能听见自己写下的每一个音节在身上的每一次回响。

而佐伊就是这段长笛和双簧管乐曲的对位法。

每一次听到她的声音,我都会感受到一种全新的快乐:"您好,先生。"如果周围没有人,她会喃喃地再加一句:"亨利,您今天又来为难我啦?"或者,还有一次,这个声音说出了一句美妙而特别的话:"我总感觉上辈子就认识您了。"

"上辈子"……这几个字是打开我心锁的钥匙。

对,我从"上辈子"就开始喜欢我所喜欢的东西。包括我的孩子们,在他们还没出生的时候。

我似乎很久以前就了解了这个世界……

第二部
Seconde partie

我们的地球布满了石头、树木、香气、情境和面孔,当我们与它们相遇的时候,可能会刹那间唤醒灵魂的完美。我最喜欢这些可以毁灭时间的气泡。

那是些可以颠覆真理的神奇的小时刻。记忆交错,似曾相识,似曾经历,眩晕,沉醉……失重。

无论我们的大脑专家、心理学家或者爱解释的疯子们如何解析,我都认为这些时刻能让人类面对他们来自的又在不断寻找的"永恒"。

我们是不知情的无限的运输者,我们是加满燃料的幽灵货轮,在海洋中迷失之后绝望地寻找停靠的港口以卸载重物。

佐伊就是在我思想的暗堡里的这些"小时

刻"之一：一次暂停，一个码头，如同一丝穿过光线的缺口。

我还记得，那个在小船上睡觉的童年的我，看见了河流阴郁的旋涡。我还记得柳树摇曳的金色树枝，记得榆树、桦树和母亲看着我的脸。在她的金发后面，是明净的天空和停留在空中的安静的卷积云。一切都那么简单。那就是吸引我的东西，那就是为什么一片片云朵就是我最爱的作家，无论它们写下什么，都能巧妙地擦除。它们不过是些过客。如果它们就是我们最隐秘的思想的投射就好了！是我们无意识中复杂的阴影。它们拥有梦想或是梦魇的形状，聚集分散，随风而逝。它们的字体有圆的，也有扁的。它们卷曲，升高，拉长，形状可见。

第二部
Seconde partie

时间怎么能够吞噬如此的美好？它使身体干瘪，面孔走样，肌肤松弛，人类被盖上令人嫌恶的印章，从而枯萎，屈服，变老，残缺。

愚蠢的想法……宝贝儿，走，去看那关节炎[①]，那肝硬化，那霉菌病和所有渗入我们动脉、皮肤和内脏的东西是否还在正常地运行。

也许这是愚蠢的想法，但是，我不知道该如何去烧灼这个伤口。

那么，就放出如同猎犬一般奔跑的文字！为了能在生命终结之时驱赶荆棘中死亡的阴霾、内心的邪恶野兽。我并不是为了自己或是爱人去吹响号角，而是为了再给你们一点时间，让

[①] 此处作者改编了法国诗人彼埃尔·德·龙沙的诗歌《致卡桑德拉》，原句为"宝贝儿，走，去看那玫瑰"，而法语中玫瑰（rose）一词与关节炎（arthrose）相似，故作此改写。——译者注

你们能够或多或少地拾取那些让你们感到美好和力量的最后的目光。

我一直相信文字承担的重任。即使没有人读我写的东西,但我所有表达方式、咒语、魅力,我专心完成的所有成果,都能在潜移默化中发挥作用。

我轻声说出它们的同时,文字也从金色的钢笔尖下流出。即使我永远地关上我的纸页,充满魔力的文字仍会继续发酵。那是生命炽热的温床。你们只需要打开我的满月形状的本子,便会看到生长出的须根,那是文字的灵魂,如同一个秘密的春天。把它们轻声地读出,以免吵醒它们。我的孩子们,我的小孩子们,我向你们承诺永恒。

第二部
Seconde partie

我这个垂死的怪物,每当自己的信仰摇摇欲坠,就会去攫住钢笔。我就像一个恐高的攀岩者,为了不坠落,紧紧抓住任何一个不让我掉下去的抓手。纸页就是峭壁,我必须不惜代价地攀登,不停上升,即使一次向上一厘米。有时候则更加容易,岩石会为你提供缝隙、孔穴或是凹凸面,它们能让你快速上升,甚至靠近天空。我们贴着悬崖,感受到矿物的冰冷在沸腾的血液中闪烁。

永恒在蔓延,那是我想对你们说的。它是年龄带来的难以感知的震颤,是灵魂的红外线。我由衷地认为,灵魂早于我们而存在,但伴随我们来到这个世界。我们的生命,即物质上测量的 A 点与 B 点、出生与死亡之间的距离,不过是太空中的无法感知的早已存在的痕迹。

生命也许是挥发性分子的凝结,最终屈服于重力和这短暂存在的化身。而这一切,都只单纯为了感受到物质的存在。

请对我宽容一些,我的孩子们,我说的话如同一只饥饿的狗一样单薄,它凭着嗅觉在沙漠中追寻看不见的猎物。

我总是在无法触知之中愉快地冒险。我说的,就是爱。穿过黑暗的冰冷的战栗,却拥有创世大爆炸时的炽热。它的紫外光谱,真实存在的痕迹,经常萦绕在我的脑海……我多么想念上帝!每一次,我的眼里都噙满了泪水。

第二部
Seconde partie

情感，至纯的沉淀，完美的遗留，永恒不灭的印记，无法满足的渴望，如同盛夏里一阵带来冰川气息的微风。

我记得，我记得……

三十一

今天早上，我被老板解雇了。我很难过……明天就是最后一个星期了……好累……但还是要强颜欢笑，尽管灵魂已经死了。这是我第一次说这样的话。但是我找不到更好的词来形容我的感受。灵魂死了，我找零钱的时候竟然数错了，这是之前从来没有发生过的，我完全心不在焉，疲惫不堪。老板看出了我的异样，他听见我小声地自言自语，这甚至让他感到好笑。他来到了我身后，一边笑着一边和顾客说了些我没有听清的话，然后顾客傻笑着离开了。接着，老板就贴近了我。那时候面包店里只有我们两个人。我不知道发生了什么。我并没有摔跤手的天赋，但我可以转过身，踹在他两腿之间。我用所有的力气把他推开了，就像小时候我爸爸教我的那样。

我看到他晃了晃手臂，惊恐地瞪大了眼睛，倒在了放蛋糕的橱窗里。我有些虚脱，看着他在泡芙、修女蛋糕、水果馅饼和奶油焦糖蛋糕中挣扎。

他站起来的时候骂我是婊子。他的黑色假发上都是尚蒂伊鲜奶油，还有一颗糖渍樱桃，就像一颗正中心的红宝石。我一开始以为他要用他满是奶油的手掐死我。这时候，几个女孩进来了。他转过身去,屁股上沾了几块巧克力闪电泡芙。

看到这个,我哈哈大笑起来。"可怜的奇奇,他的便便沾上了屁屁,可怜的奇奇……"①

"臭婊子,神经病……你等着……你会后悔的……滚吧,不然我要叫警察了。"

就这样,面包店的工作结束了。几个朋友给我打了电话。她们说我应该控告他性骚扰,还说这个下流坯子就应该受到惩罚。

我从来没对她们提起过亨利,也从不打算提起。所以,没有人能给他带去我的消息。我也许再也收不到他的信了。这是唯一让我感到遗憾的。我要再去读一遍他写给我的最后一封

---

① 此句为法国整蛊儿歌歌词。——译者注

信。这封信很美，可是我一点也看不懂。这封信也有些令人不安，有点像满是狂热的遗言。他总是谈到永恒，要是玛丽娜在的话，肯定能向我解释他在说些什么。

所有这些我都没有告诉过父母。我只会跟他们讲我有很多功课要做。苏珊娜外婆对我的态度也有点变了，变得更加亲切。今天早上，她还紧紧地拥抱了我。

我打开了白熊布偶的肚子，数了数里面的纸币。我有足够的钱离开了。我内心平静，也充满力量。我盘腿坐在床上，和蓝眼睛、肚子处脱线的白熊一样虚无。我终于明白了，玛丽娜是那么地遥远。

三十二

明天，爸爸就去世一星期了。

我们前天去安葬了他。

是哈里找到他的。找到他时，他的头趴在他的最后一个黑色本子上，手里还握着钢笔。他在书桌上永远地睡着了。

我们没敢，也一直没有看他最后写下的文字。

今天早上，我鼓起勇气，大声读了他和佐伊之间奇怪的通信。

我们聚集在暗堡的厨房里。哈里在炉灶里填满了木柴,燃烧出令人宽慰的温度。

我们站在意式咖啡壶旁边,由我颤抖着读完了那封孤独的遗言。

所有人听完这个故事,都沮丧不已、眼睛湿润。我们都认为爸爸是不朽的。卢多维科和文森特在房间里来回踱步,沉默不语,捏紧拳头,如同笼子里的老虎。伊芙默默地流着泪。我们不敢触碰彼此的目光。有时候,我甚至无法读完一个句子。我手里拿着纸巾,头脑一片空白,断断续续地拾起我机械的朗读。哈里坐着,一动不动,手放在膝盖上,虚脱了一般。

爸爸的本子里有我们的照片,我们的信,我们刚寄给他的明信片。一方面,我们似乎一直存在于爸爸的生活中;另一方面,我们又在这个献给我们的故事里缺席。

"献给你们,我的孩子们,亚历山德拉,伊芙,文森特,卢多维科,我的小宝贝们。我用我无尽的温暖,献给你们我最珍贵的文字。有你们,我的每一天都是圣诞节。"

谁是佐伊?我们一起去了小镇入口处的唯一一家大型面包店。没有人能告诉我们答案。似乎没人记得一个叫佐伊的年轻女孩曾在这里工作过。这儿的老板是一个红头发的、和善的矮胖男人。他清楚地记得我们的父亲。"对,一位高大优雅的先生,有一点跛足。他每隔两三天来一次,买的都是酵母圆面包……他从来不让店员把面包切开。"

一个长满雀斑的年轻女店员还补充道:"天

哪,这位先生是那么善良!他是位常客,总是穿着大衣一个人来。有时候他会在露台喝咖啡。他好似在幻想,总是看着天空。"

世界和物质是精神的映射。

挖掘物质的人可以寻得精神,探究精神的人则会找到沉睡着无数可能性的神圣容器。

在那里,没有伤害,只有难以解析的完美、无穷无尽的耐心,就像我们所期望的那样。

如同梦中的窗玻璃上,水汽氤氲的一个微笑的图案。